용맹이,
사과나무 밑에
잠들다

용맹이,
사과나무 밑에 잠들다

펴 낸 날   2020년 3월 31일

지 은 이   박현선
펴 낸 이   이기성
편집팀장   이윤숙
기획편집   정은지, 윤가영
표지디자인 이윤숙
책임마케팅 강보현, 류상만
펴 낸 곳   도서출판 생각나눔
출판등록   제 2018-000288호
주   소   서울 잔다리로7안길 22, 태성빌딩 3층
전   화   02-325-5100
팩   스   02-325-5101
홈페이지   www.생각나눔.kr
이 메 일   bookmain@think-book.com

- 책값은 표지 뒷면에 표기되어 있습니다.
  ISBN 979-11-7048-061-7(03810)

- 이 도서의 국립중앙도서관 출판 시 도서목록(CIP)은 서지정보유통지원시스템 홈페이지
  (http://seoji.nl.go.kr)와 국가자료공동목록시스템(http://www.nl.go.kr/kolisnet)에서
  이용하실 수 있습니다(CIP제어번호: 2020011986).

용맹이,
사과나무 밑에
잠들다

반려동물 가족들에게 들려줄
가슴 아린 이야기

박현선 산문집

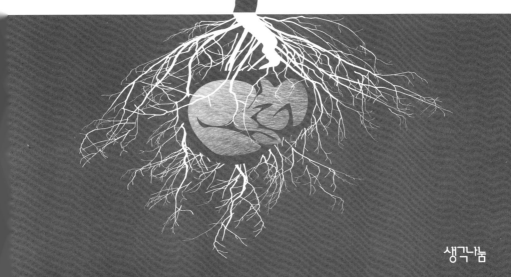

생각나눔

춘천시 신북읍 발산리 소재. 옛 맥국(貊國) 발원지 농장에서 17년간 작가와 가족이 되어 함께했던 진돗개 용맹이의 삶을 반려동물을 사랑하는 이들에게 들려주는 가슴 아린 이야기다.

들고양이 수호천사와 자매들을 자식으로 키우며 벌어지는 좌충우돌 이야기와 말(馬) 역사의 전통을 이어가는 고독한 외길 마구 사랑에 관련된 동물 이야기를 집필하였다. 그 외 작품은 작가의 삶에서 보고, 듣고, 겪은 일들을 자유롭게 쓴 글이다.

산책하듯 책을 읽다 보면 문학에서 다루고 있는 개인적인 삶은 물론 더불어 살아가는 타인의 삶을 알게 된다. 세상에서 벌어지는 사건의 신실을 파악할 수 있는 식견을 높이는 데 도움이 되고자 한다.

1부, 어머니의 삶은 몸속에 꿈틀대는 혈기가 되었다. 초목 그늘 같은 아버지 숨은 가슴 뭉클해지는 전율이 전해진다.

2부, 반려동물과 인간의 조화로운 관계를 모색한 글이다.

3부, 사회, 문화를 통찰하고, 용기가 필요한 다양한 상황에서 세상을 폭넓게 바라보는 글이다.

4부, 자연 일부이자 구성원인 우리에게 닥친 위기를 깊은 고심으로 해결하는 글이다.

5부, 작가의 예술로 채워진 추억과 활화산처럼 타오르는 열정으로 올곧게 걸어가는 모습의 글이다.

6부, 삶의 구체적인 체험이 담겼으며 작가의 지혜를 엿볼 수 있는 글이다.

책을 읽는 재미에 머물지 않고, 인간 내면의 진리를 담고 있어 작가의 인생에 자연스럽게 스며들게 될 것이다.

2020. 3.
저자 박현선

차
·
레

제2장_ 반려동물과 보이지 않는 끈

제3장_ 지혜의 울림소리

제4장_ 오지 사람들의 소환!

제5장_ 떠들썩했던 추억 가슴에 담고

제6장_ 내가 바라보는 나

제1장

멀리서도 느껴지는
따뜻한 불빛

1

술이 익어있는 목소리

🌙 "어머니! 불린 쌀은 방앗간에 미리 갖다 놓고, 시장에 들렀다가 찾아올게요."

친정어머니는 딸이 못 미더운지 지팡이를 짚고 따라나섰다. 어머니는 양말을 파는 잡화점을 먼저 들러 온 가족의 양말을 준비하셨다. 열심히 살아준 것에 대한 어머니식 '고마움의 표시'이다.

송편을 만들고, 전을 부쳤다. 허리 펼 시간이 없다. 기계에서 물건을 찍어내듯, 쉼 없이 제수를 만들어내며 친정집 며느리로 빙의가 된다. 추석 명절 하루 전, 친정 부모님이 살고 계신 춘천으로 갔다. 종갓집 맏며느리지만 종교가 기독교라 성묘는 추석 명절이 가까워지면 미리 벌초를 겸해 다녀온다. 친정집은 유교식 제사를 지내는데, 다리가 불편하신 어머니를 대신해 이십여 년 전부터 음식 준비는 나의 차지가 되었다.

친정아버지는 "간소하게 차려라!" 한마디하시고는 슬그머니 자리를 뜨셨다. 저녁 무렵, 아버지의 술이 익어있는 목소리가 들렸다. "세상에 태어나서 이렇게 뽀얗고, 달콤한 동동주는 처음 마셔봤네~." "아버지! 술맛이 아무리 좋아도 건강을 생각해서 적당히 드셔야 돼요. 이제, 연세가 있으셔서 술 해독이 잘 안 돼요." "아니야! 난, 아직도, 청춘이야~."

보고 싶던 자식들 만난 기쁨을 술 한 잔 드시고 표현하신다. 황무지였던 땅을 개발한다고, 요 몇 년, 부쩍 수척해지셨다. 하지만, 아버지는 일하는 것이 습관이 되어야 한다면서 아무것도 하지 않고 지내는 것을 못 견뎌 하신다. 적당히 일하면 정신적으로나 육체적으로 이롭기는 하지만 성격이 급하셔서 술이고, 일이고, 무리하신다.

올해 팔순인 아버지의 고향은 북한 원산이다. 명절 때면 이북이 고향인 실향민들과 매년 한 번씩 모여 고향의 향수를 달래고 계신다. 할아버지는 6·25 한국전쟁 때 원산에서 식솔들을 데리고 내려와 지금의 춘천 동면에 정착하였다. 먹을 것이 없어 아침이면 가마솥에 술지게미를 한 솥 끓여서 요기를 하고, 화전밭에 옥수수, 콩, 팥을 심고, 일궈가며 살았다. 어느 날, 집으로 의용군이 들이닥쳐 할아버지는 이북으로 끌려가셨다. 그 후 영영 생사를 알 수 없었다.

깊은 어둠이 내린 밤, 할머니와 아버지, 삼촌 셋이 사는 초가집을 뒤흔드는 포성이 들려왔다. 숨 막히는 공포의 도가니였다. 떨어지는 포탄이 초가집을 덮쳐 집 안을 불바다로 만들어버렸다. 자고 있던 삼촌들은 폭격을 맞아 숨을 거두었다. 아버지는 몸 옆구리에 깊은 상처를 입었다. 할머니가 미군 병원으로 아버지를 들쳐 업고, 찾아가 살려달라고 애원하여 가까스로 치료를 받을 수 있었다.

아버지는 이때가 가장 힘든 시련의 시기였다고 한다. "왜! 하필이면 나에게 이런 시련이 닥쳤을까?" 어릴 적 시작된 충격은 회복할 수 없었고, 도리어 더 깊은 상처가 되었다. 아버지는 충격을 잊기 위해 무언가를 끝없이 만들면서 집중하였으며, 할머니와 끊임없이 이야기를 나누었다. 누군가 들어주지 않아도 혼잣말로 상처를 잊기 위해 "원망은 더욱 나를 병들게 할 뿐이다."라며 스스로 치유의 방법을 터득하였다. 삶을 뒤흔드는 강한 시련이었지만 담담하게 받아들이고, 몸에 감정의 근육이 생기면서 이겨냈다고 한다.

　아버지가 인생에서 또 한 번 힘들었던 일은 장남인 남동생의 방황이었다고 하셨다. 길들여지지 않은 망아지처럼 감당할 수가 없었다. 아픈 마음을 가라앉히기 위해 이런저런 대화를 나누다 보니, 아들이 왜, 그랬는지 가슴 속 품은 얘기를 듣게 되었다. 아버지는 아들의 세상을 몰랐고, 마땅히 이러저러해야 한다는 아버지만의 기준으로 판단했다. 그런 관점에서 아들이 원하는 것이 무엇인지 이해하지 못한 것이 문제였다고 말씀하셨다. 눈만 마주치면 늘 피해 다니던 남동생은 세월이 지나면서 조금씩 바뀌어갔다.

　아버지는 고생하며 살아서 더욱 사리에 밝고, 잔정이 뚝뚝 떨어진다. 예전에 마을회관 앞에서 버스를 같이 탄 적이 있었는데, 친구나 주위 분들이 타시면 모두의 차비를 내어주는 따스한 모습을 본 적이 있다. 남의 어려운 처지를 그냥 지나치지 않는 사고방식을 가지셔서 주위에서는 아버지를 '호인'이라 칭한다.

 종종, 아버지는 우리에게 "너무 잘하려고 하지 마라. 사람이
조금 빈 구석이 있어야지. 사람 냄새가 나야 한다. 너무 다 잘
하려고 하면 강박에서 벗어날 수 없다. 빈 구석을 통해 자신의
어깨에 들어간 힘을 빼고, 그렇게 여유가 생기면 경쟁하기보다
협력하게 된다."고 말씀하신다. 더불어, 아버지는 우리에게 "깨
끗하고 선량한 마음씨가 없다면 아무리 활력이 넘치더라도 그
것은 재난의 원인이 된다. 설령, 자신이 하는 일에 반대하는 사
람에 대해서도 관용과 배려를 아끼지 말라."고 하신다. 아버지의
말씀은 날카로운 면을 지녔으면서도 온화하고, 그 말 속에는 언
제나 자식을 생각하는 따스한 마음이 숨겨져있었다.

 아버지는 팔십에 인생을 뒤돌아보니 가정과 직장을 위해 평
생을 달리는 기차처럼 살아왔지만 정작 내가 누군지, 나는 무엇
을 위해 살았는지, 의문이 들 때가 있단다. 예전에는 퇴직해서
여행이나 다니고, 손자들 재롱 보며 살다가 인생이 끝이 난다고
생각했단다. 하지만, 이제 마무리만 잘하면 되는 시기지만, 아직
도 지치지 않는 도전 정신이 어디서 솟구치는 것인지 모르겠다
고 하신다.

항상 강하다고 생각했던 아버지인데 큰손자가 왔을 때에 이렇게 말씀하신 걸 듣고 아버지도 노인이 되니 무척 외로우시구나, 짐작했다.

"할아버지는 용돈 받는 것보다, 자주 찾아와주고, 전화해주는 게, 더 반가워~."

"낙엽이 우수수 떨어질~때 겨울의 기나긴~밤 어머님하고 둘~이 앉~아…."

술을 드시면 늘 부르는 아버지의 애창곡이다. 유년 시절에 들을 땐 '아버지 기분이 좋은가?' 했지만, 지금은 아버지 노래에 그리움을 넘어 눈물이 보인다.

2

생사의 갈림길

🌙 바다나 강에 자동차가 추락했다면 어떻게 대처를 해야 할까? 일반적으로 생각조차 하기 싫을 것이고, 그런 사고를 겪는 일은 없을 것으로 생각한다. 전문가들은 비상 망치로 창문을 깨고, 없으면 머리 받침대라도 빼서 탈출하는 것이 가장 현실적인 탈출 방법이다. 유리창을 깰 때는 모서리 부근을 깨야 한다. 또는 안전벨트를 푼 후 물에 뜨는 물건이 주위에 있으면 가지고 출입문을 통해 빠져나오라고 하나 강화유리는 깨기도 쉽지 않을뿐더러 절체절명(絶體絶命)의 순간에 그런 평정심을 유지하기란 어렵다.

실제 나는 자동차가 바다로 뛰어들어 구사일생으로 살아 돌아온 경험이 있다. 2008년 4월 초 시누네가 당진 장고항 부근으로 이사 후 낚싯배로 어업을 하고 있었다. 의논할 일이 있어 장고항 방파제에서 낮 12시 만나기로 했다. 방파제에는 봄나들이 온 사람들이 많았다. 시누이 남편은 1시간가량 트럭 타이어 펑크를 교체하고 오느라 늦었다며 미안해한다. 바다에 정박해 놓은 낚싯배에 가서 회를 먹자고 제안하여 작은 배를 타고 나가 회를 먹고 있었다. 그런데 갑자기 맑았던 하늘이 흐려지고, 빗방울과 함께 추워지기 시작했다. 서둘러 작은 배를 타고 오후 3시쯤 4인용 트럭을 세워놓은 방파제로 돌아왔다.

식당으로 자리를 옮기기 위해 트럭을 시누이 남편이 운전을 했다. 조수석에 남편이 앉고, 그 뒤 내가 앉았고, 운전석 뒤에는 시누이가 앉았다. 그런데 출발하자마자 트럭이 '끼이익' 굉음을 내며 후진으로 튕기듯이 뒤로 달려나가 바위에 '콰쾅!' 부딪히더니, 멈췄다 '휘이잉' 소리를 내며 앞으로 돌진하여 방파제를 넘어 바다로 추락했다. 느닷없이 당한 일이라 '차가 왜 바다로 뛰어들지! 지금 꿈을 꾸는 건가?' 트럭이 바다로 솟구쳐 들어가는 것이 믿어지지 않았다.

트럭은 바다에 낙하산처럼 안착했고, 서서히 가라앉기 시작했다. '내가 지금 죽는 건가. 뭘 어떡해야 하나….' 차 안에 정적이 흐른다. 갑자기 남편이 "차에 있으면 다 죽으니 빨리, 바다로 뛰어내려!" 하는 소리가 천둥소리처럼 귀를 때리니 정신이 번쩍 들었다. 반쯤 열려있는 창문으로 시커먼 물을 보니 소름이 돋았지만, 살기 위해 눈을 질끈 감고 뛰어내렸다.

몸은 칠흑 같은 깊은 바다 밑바닥으로 내려가고 있다. '아, 숨이 콱! 막히는 게 죽을 것 같아' 순간 나는 '살려고 발버둥 치면 더 깊이 들어가니, 몸에 힘을 빼고 뒤로 눕자. 떠오르면 누군가 구해주겠지.'라는 생각으로 뒤로 누우니 몸이 신기하게 부웅 떠올랐다. 트럭에 있던 남편과 시누이 남편은 보이지 않았고, 트럭도 수면 속으로 가라앉았다.

시누이가 "살려주세요!" 허우적대며 절규하는 목소리가 들렸다. 방파제에서 보고 있던 한 남자가 다이빙해 구해주는 모습이 보인다. 한 치 앞도 안 보이는 안갯속 물 위를 떠내려가고 있는데, 트럭 뒤에 실어두었던 펑크 난 타이어가 둥둥 떠내려가고 있었다. 방파제에 모여있던 사람들이 "타이어를 잡아! 빨리!" 아우성치는 목소리가 들린다. 온 힘을 다해 잡았다. 타이어와 함께 몸도 가누기 힘든 급물살에 밀려 망망대해로 끝없이 떠내려갔다.

아무 소리도 들리지 않았고, 얼어붙을 것 같은 추위와 거칠어지는 호흡이 극한으로 치닫는다. '아~ 이제는 죽나 보다!' 정신을 좀 차리니 더 무서운 공포가 밀려왔다.

그 순간 "이 밧줄 잡고 올라오세요!" 위를 올려다보았다. 큰 바위 얼굴의 사람이 밧줄을 내려주고 있었다. 뻣뻣한 밧줄을 허리에 동여매고 있는 힘을 다해 꽈악 붙들고 살아나왔다. 후에 들은 이야기다. 큰 바위 얼굴의 선장은 낚싯배를 정박하고 있었다. 사람이 떠내려가는 것을 보고 급히 배를 몰고 온 것이다. 나는 긴장이 풀리니 다리가 후들거려 방파제 바닥에 털썩 주저앉았다. 얼마나 몸부림쳤는지 운동화 한 짝이 없어진 줄도 몰랐다. 사람들이 꾸역꾸역 몰려와 우리를 에워싸며 살았다고 손뼉을 치며 격려해주었다. '아~ 살았구나!' 남편은 바닷물을 토해내고 있었고 시누이 남편은 보이지 않았다. 남편이 그때 물속에 8분 정도 있었다고 한다. 어항 속에 있는 착각과 기분이 좋아졌다는 말이 아마도 마지막 환각 상태까지 갔었다고 생각했다. 시누이 남편은 트럭에서는 빠져나왔는데 못 올라왔다.

장고항 근처 병원 응급실에서 치료를 받고 있는데 시누이 남편이 하얀 시트에 덮인 채 시신이 되어 이송되었다. 해양경찰이 바다 수심이 10미터 정도로 깊고, 밑이 갯벌이라 트럭 바퀴에 붙어있던 시신의 수습도 2시간 넘게 걸렸다며 인양도 다행이라고 한다. 내가 죽었으면 저 모습이겠구나…. 가슴이 저렸다. 시누이 남편은 한강을 왕복으로 건너다닐 정도로 수영을 잘했다. 못 빠져나온 것이 아마도 사고를 일으킨 충격에 정신을 잃은 것 같다.

　사고 조사 결과 급발진이 아닌 운전 미숙으로 일어난 사고였다. 시누이 남편은 후진 기어로 된 줄 몰랐는지 엑셀 레이더를 너무 세게 밟아 차가 뒤로 튕겨 나갔고, 바위에 부딪히니 당황하여 브레이크를 밟는다는 게 엑셀 레이더를 밟아 트럭이 바다로 돌진했다. 그는 평소 운전이 거칠었고 운전하면서 조는 경우도 많았다고 한다. '나쁜 습관이 화를 부른다' 지금은 이 세상에 없는 시누이 남편으로 인해 참으로 무서운 생사의 갈림길을 경험했다. 속담에 '호랑이에게 물려 가도 정신만 차리면 산다'라고 위급한 순간이 닥쳤을 때 무엇보다 침착함을 유지하며 정신을 잃지 말아야 한다.

　어렵고 힘든 일이 닥치면 주문을 외우듯 말한다. 죽음의 순간도 이기고 나왔는데, 지금이 그때보다 더 힘들까.

3

정다웠던 외출

🌙 우리 시대의 '정'은 사회의 윤활유 역할을 해준다. 우리네 주위에는 희생과 봉사를 생활의 좌우명으로 삼고 나를 남보다 낮추고, 그것을 묵묵히 실천하는 삶을 살아가는 사람도 많다.

아들의 중학 시절 운영 위원으로 중증 장애인 목욕 도우미로 활동할 때 겪은 체험이다. '한사랑 마을'은 주로 중증 장애인 보호 시설로 뇌병변이나 지적 장애인들이 거주하며 공부도 하고 치료를 받는다. 여러 곳의 봉사 단체에서 버스를 타고 올 정도로 각계각층 사람들이 열정적이다. 우리 35명의 학부모는 시설 직원에게 목욕시킬 때나 휠체어에 태워 이동할 때 주의 사항에 대한 교육을 받았다. "절대! 동정 어린 눈으로 바라보지 마세요. 너무 잘해주지 마세요. 정들면 장애인들이 힘들어요." 정을 주고받다 그 봉사자가 안 오면 실망한 나머지 정신적인 충격을 받는다는 것이 이유이다.

우리는 2인씩 팀이 되어 남자 장애인과 여자 장애인 생활실을 지정해주면 2층 장애인들이 있는 곳으로 간다. 장애인 목욕 도우미가 처음이어서 긴장이 많이 되었다. 유진이 어머니가 전년부터 목욕 도우미를 해서 의지가 되었다. 처음부터 남자 장애인을 목욕시키는 것에 나는 자신이 없어 걱정하고 있는데, 여자 장애인으로 정해졌다. "남자 장애인이 빨리 끝나고, 외려 목욕시키기는 편해요."라고 한다. 여자 장애인은 손이 많이 가고 몸은 바빠도 이 결정에 만족한다. 2층으로 올라가 배정받은 4명의 중증 장애인 생활실에 들어가니 몸들은 초등학생 정도의 몸인데 이십 대 성인이란다. 손은 손대로 발은 발대로 제대로 몸 가누기도 힘들고 말도 할 수 없으며 서너 살 아기 성장 상태로 거의 누워서 지낸다. 음식은 이유식을 떠먹여주거나 튜브를 연결해서 먹여야 한다.

휠체어에 태워 목욕실로 이동한 후 안절부절못하고 서 있었다. "준서 어머니! 먼저 옷부터 벗기세요!"라는 유진이 어머니 말에 정신이 들었다. 옷을 벗기는 것도 만만치 않게 힘들었다. 말은 못 하지만 아가씨들이라 부끄럼을 타 조심해서 다루어야 한다. 옷을 벗겨도 난감한 상황이다. 가장 힘든 것은 몸을 못 가누니 그 상태에서 머리를 감기는 일이다. '총성 없는 전쟁터' 를 방불케 한다. 내 자식 목욕시키듯 정성을 다 해 씻긴다. 환자들이 생활하는 곳이라 목욕실과 화장실은 세제를 써가며 깨끗이 청소까지 해야 끝이 난다. 나는 온몸이 땀으로 범벅이 되어 눈도 따갑다. 하지만 2시간 동안 4명을 목욕시켜야 하므로 오로지 집중에 또 집중이다. 딴생각이 들어올 틈이 없다.

목욕을 시키고 나니 얼굴이 유리알같이 맑아 보이며 생기가 돈다. 담당 선생님이 말씀하신다. "애들이 목욕하는 날을 손꼽아가며 기다려요. 몸이 개운해지니까! 잘 먹고 잘 자거든요." 옷을 입히고 휠체어로 이동 생활실로 데려온다. 머리를 말리고 빗질해 머리핀을 꽂아주고, 얼굴에 로션을 발라준다. 말은 못 해도 눈빛으로 고마움을 표현하며 끈끈한 정이 느껴진다. '정 주지 말라 했는데…' 마음이 가는 것은 어쩔 수 없다. 생활실까지 청소하고 요플레 간식을 떠먹여주고 나면 끝이 난다.

목욕 봉사를 처음 하는데 해본 것처럼 잘한다고 유진이 어머니가 칭찬한다. 그 앞에서는 힘들지 않은 척하지만, 아니다. 목욕 봉사를 마무리하고 생활관을 나오면 다리가 후들거린다. 다음 날은 온몸이 아프다. '봉사라는 것이 말로 하기는 쉬운데 실천은 어렵구나!' 몇 달이 지나면서 안 보이는 장애인도 있었다. 물으니, 보통 장애인들은 서른을 못 넘기는 경우가 있어 안 보이면 이 세상에 없는 것이라 말한다. 아~ 가슴이 아려오고 먹먹해진다.

2년 정도 힘든 목욕 봉사를 같이하다 보니 우리는 '끈끈한 동지애'가 몽글몽글 만들어졌다. 만나면 그리 즐겁고 좋을 수가 없었다. 아이들이 중학교를 졸업해도 계속 봉사 활동을 하자고 다짐했지만, 졸업 후 각각 다른 학교로 진학하다 보니 서너 명만 봉사 활동을 할 수 없었다. 요즘은 광주에 일이 있어 초월읍을 지날 때면 그때 장애인들을 열심히 씻겨주고 청소를 하며 즐겁게 봉사를 같이했던 유진, 선영, 수연이 어머니가 생각난다.

4

1초의 여유

🌙 산본 신도시, 초등생 아들의 봄 학기를 맞이할 때다. 이사를 하여 집들이 겸 학부모를 초대했다. 십여 명이 모였는데, 훈이 엄마는 병원에서 물리치료를 받고 온다고 한다. "준서 엄마! 그 일 모르세요? 몇 달 전 훈이 엄마가 아파트 앞 4차선 횡단보도에서 자동차와 부딪히는 큰 사고를 당했어요."라고 혜리 엄마가 전한다. 우리는 미리 준비해둔 소스와 샤부샤부 육수에 얇게 썬 소고기, 주꾸미, 야채를 넣어 먹으며, 아이들 자라는 이야기로 담소를 나누고 있었다. 초인종 소리가 들린다. 삼십 대 중반의 큰 키에 세련된 모습인 훈이 엄마는 예쁜 티스푼 세트를 선물이라고 건넨다. 친화력이 좋고, 빠른 템포로 이어지는 그녀의 말이 멜로디처럼 들린다.

훈이네는 옆 동에 살고 있어 자주 왕래를 하며 지냈다. 어느 정도 친밀하게 되면서 사고 정황을 자세히 듣게 되었다. 오전 10시쯤 스포츠 센터로 운동을 가기 위해 횡단보도에서 신호 바뀌기를 기다리고 있었고, 도로 건너에는 셔틀버스가 대기하고 있었다. 신호 교차와 동시에 셔틀버스를 타기 위해 뛰어가다 꽝! 이후로 생각이 나지 않았고, 이틀 후 깨어났을 땐 응급실에 누워있었다. 몸은 움직일 수 없었지만, 팔, 다리가 있는 것에 다행이라 생각했다고 한다.

사고 조사 과정에 운전자는 황색등이라 빨리 지나가려고 속도를 냈는데 사람이 뛰어들어와 정지하려고 애쓰다 결국 부딪히게 되었다고 한다. 자신은 잘못이 없다면서, 과실이 훈이 엄마에게 있음을 주장했다. 서로 합의가 되지 않아 소송으로 이어졌고, 그녀는 몇 달간 물리치료를 받고 있지만, 치료비는 자비로 부담하고 있었다. 가장 힘든 건 사고를 낸 운전자가 훈이 엄마의 과실을 강하게 주장한다는 것이다. 항변해보았지만, 메아리가 되어 돌아왔다. 재판은 사고를 낸 운전자에게 유리하게 돌아가고 있다고 애를 태웠다.

"훈이 엄마!"

"재판에서 증인의 증언이 있으면 유리해요. 그때 스포츠 센터 셔틀버스가 건너편에서 기다리고 있었다고 했잖아요?"

"셔틀버스 기사에게 증인을 서달라거나, 탑승해있던 회원들의 녹색 신호에 건넜다는 사실 확인서를 받아 제출해보면 어떨까? 사실 확인서를 많이 받을수록 유리하겠지요."

"그 기사에게 증인 출석을 부탁해봤는데, 근무 시간 핑계를 대며 곤란해하네요."

"그럼 기사의 사실 확인서라도 받아 제출해요. 재판에서는 그게 제일 중요한 증거니까!"

"교통사고 원인은 대부분 운전자가 법규를 위반해서 일어나는데 법규만 잘 지키면 사고는 나지 않아요."

"훈이 엄마도 문제는 있어요! 보행 신호가 들어오자마자 앞만 보고 뛰는 것은 사고를 유발하는 행동이거든요."

그녀는 그렇게 아픈 몸을 이끌고 재판을 위해 동분서주 뛰어다녔다. 셔틀버스 기사가 증인도 서주고 회원들이 사실 확인서를 써주었다고 한다. 일 년여 재판 끝에 운전자의 과실이 인정되어 치료비와 정신적 피해 보상까지 받았지만, 일주일에 2번 물리치료를 받으러 다니고 있다. 사고로 인해 허리 통증이 몰려올 때는 불편한 자세로 오랜 시간 버텨낼 수 있을까? 불안이 머릿속

을 맴돌았고, 세상의 질서를 믿을 수 없다고 했다. 조금씩 건강
이 회복되어 가고 있으니 너무 걱정하지 마라고 위로해주었다.

　일상 속에서 간혹, 좁은 건널목을 만만히 보고 '설마 나에게 무
슨 일이! 이 정도야, 괜찮겠지.'라는 생각으로 무단횡단을 한다.
하지만 차량 운전자가 미처 피하지 못하여 불행한 사고로 이어지
기도 한다. "5분 먼저 가려다 50년 먼저 간다."라는 말이 있다. 횡
단보도에서 녹색 신호등이 점멸됐을 때, 건너기 전 1초만 양 옆을
주시하는 여유를 가져보면 어떨까?

5

청자 두 갑

🌙 6살 때의 일이다. 경춘선 남춘천역 기차 안 출구에는 내릴 사람들이 모여들었다. 몸 가누기조차 힘들고, 앞이 안 보인다. "언니! 여기서 내려야지요?" 이모 목소리가 들린다. 빨리 내려야지 생각하고 한 계단씩 발을 옮기고는 폴짝 뛰어내렸다. 사방을 둘러봐도 엄마가 보이지 않는다. 출발하는 기차 안을 쳐다보았다. 엄마 얼굴이 보이더니 기차와 함께 사라졌다. 놀란 나는 얼굴이 빨갛다 못해 까매지도록 울음을 터뜨렸다. 아무도 없는 기찻길 옆에 혼자 동그마니 남아 있다. 이제 나는 어떻게 되는 거지? 엄마를 잃어버렸다는 생각이 들자 표현할 수 없는 무서움에 온몸이 떨려왔다. 자지러지게 울고 있을 때 제복을 입은 아저씨가 뛰어오며 물었다.

"애야! 엄마는 어디 간 거니?"

"엄마랑 엉엉… 같이 기차를 타고 왔는데, 엄마는 안 내리고 가버렸어요."

"엉엉…."

"울지 말고, 기다리고 있으면 엄마가 데리러 올 거야."

"아저씨랑 역전 안에 가서 기다리고 있자."

"으윽… 윽… 윽…."

엄마가 진짜 오는 것인지, 영영 안 오면 어떡하나 하는 걱정에 눈물이 쉴 새 없이 흘러내렸다.

긴 기다림의 시간이 흘렀을 때, 엄마가 허겁지겁 뛰어오는 모습이 보였다. 나는 엄마를 부르면서 뛰어갔고, 엄마는 달려들어 나를 힘껏 끌어안았다. 그때 엄마의 가슴이 왜 그렇게 뛰었는지, 팔이 왜 그렇게 떨렸는지 나는 몰랐다. "너를 잃어버린 줄 알고 얼마나 놀랐는지 아니?" 역무원 아저씨는 "봐라! 아저씨 말이 맞지? 엄마가 데리러 왔잖아." 엄마 얼굴은 핼쑥해져 있었고, 손에는 '청자' 담배 두 갑이 들려 있었다. 딸을 보호하고 있을 누군가를 위해 청자 두 갑을 준비하신 것이다.

친척 결혼식에 가는 길이었다. 춘천역에서 내렸어야 했는데,

이모 말을 듣고 내가 성급하게 뛰어내린 것이다. 내가 안 보여 찾다가 창밖을 보니 놀란 토끼처럼 멍하니 서서 엄마를 쳐다보고 있더란다. 그때는 이미 기차가 출발해버려 아무것도 할 수 없었다고 한다. 춘천역에 내리자마자 택시를 타고 부랴부랴 오신 것이다. 이때부터 엄마 바라기가 되어버렸다. 일 보시고 늦기라도 하면 '엄마에게 무슨 일이 생기지나 않을까? 안 오시면 어떡하지.'라는 조바심이 생겼다.

친정어머니는 올해 팔십으로 그때는 북한 땅이었던 사창리에서 태어나셨다. 외할아버지는 6·25 한국전쟁 때 의용군이 총으로 위협하며 짐을 옮겨달라고 요구했었단다. 매서운 칼바람이 부는 한겨울이었다. 삼십 리 길을 광목으로 만든 홑 겹옷들을 겹쳐 입으시고, 고무신을 신고 지게로 짐을 옮겼다. 발이 얼어 퉁퉁 붓다 짓물러버렸다. 약 쓸 형편도 못 되어 고생하시다 세상을 뜨셨다고 한다. 외할머니는 쓰린 아픔을 겪은 그해 급체로 시름시름 앓으시다 5남매를 남겨두고 세상을 뜨셨다. 그때 열 살이었던 친정어머니는 작은할아버지댁에서 살림을 돕다가 스무 살에 아버지를 만나 가족을 이루었다.

어머니는 자주 시집살이하던 때의 고충을 말씀하신다. 친할머니는 6·25 한국전쟁 때 친할아버지가 이북으로 끌려가신 후 화전 밭을 일구며 아버지를 키우셨다. 아버지 중학 시절 재가하신 친할머니는 그 밑에 6남매 자식을 두었다. 결혼과 동시에 어머니는 시댁에서 신혼살림을 차리고 종갓집 며느리 노릇을 해야했다. 친할머니는 새벽이면 밭에 나가 일하시니 올망졸망한 삼촌, 고모를 위해 할 일이 적지 않았다고 한다. 따로 살림을 나기 위해 시댁 부근에 초가집을 짓고 있었는데 어머니는 나를 잉태한 만삭의 몸으로 인부들 밥을 해주다 입안이 헐어 맨밥에 간장을 찍어 드셨다고 한다.

어머니는 유교식 제사를 일 년에 여러 번 지내신다. 돌아가신 조상에 대한 예의를 지키는 것이고, 수호신처럼 가족이 잘 되게 지켜준다고 생각하셨다. 음식을 정성스럽게 장만하신다. 하지만 그릇이 없어 꼭대기에 음식을 차려놓고 제사를 지냈다고 친할머니에 대해 섭섭함을 지금도 말씀하신다. 안 좋았던 기억은 잊으시라고 말씀드려도 멍에처럼 기억 속에서 떠나질 않나 보다.

어머니의 쉬는 모습을 본 적이 없을 정도로 부지런하시다. 어릴 적 방안에는 크리스마스트리에 다는 반짝이는 꽃 장식 재료가 바구니에 가득 담겨있었다. 어머니는 한 땀씩 꿰어 예쁜 꽃

송이를 밤늦도록 만드셨다. 만든 개수를 수첩에 꼼꼼히 적었다가 15일에 한 번씩 정산을 받는다. 그날엔 큰 장닭을 사서 솥에 물을 붓고 한 솥 끓여 온 식구가 둘러앉아 먹던 기억이 있다.

오래전, 장롱에서 첫 월급을 받아 사드렸던 연분홍색 내의를 발견한 적이 있다. 어머니는 입지 않고 고스란히 보관하고 있었다. 그건 어머니가 절약 때문만은 아닌 것 같다. 아마도 딸이 열심히 일하여 사서 보낸 거라 아껴두고 싶은 마음에 그랬을 것으로 생각하니 가슴이 뭉클했었다.

근검절약이 몸에 밴 분이라 돈이고 물건이고 무섭게 아끼신다. 덕분에 우리 형제들은 어머니에는 못 미치지만 낭비와는 거리가 멀다. 요즘도 내 가방에는 주유소에서 준 물티슈가 들어있다. 쓰고, 다시 헹궈 신발이라도 닦고 버린다. 될 수 있으면 음식도 남기지 않기 위해 그때 먹을 것만 만드는 것도 어머니에게 물려받은 습관 때문이다.

6

한 몸이었다

🌙 친정어머니는 어려운 환경에서 나고 자란 분이다. 주변에는 형편이 어려운 친척이 많았다. 하지만 어머니는 물질적인 도움을 주기보다 일자리를 만들어 주거나 기술을 배울 수 있는 여건을 마련해주셨다. 그게 삶에 있어 뿌리내릴 수 있게 돕는 길이라고 믿으셨기 때문이다. 돈이란 버는 것보다 바르게 쓰는 것이 훨씬 더 어렵다고 어릴 적부터 듣고 자랐다.

"집을 사도 월세라도 받는 돈이 나와야 해."라고 말씀하신다. 방이 4칸 있는 주택으로 이사한 적이 있었다. 방 한 칸에 5식구가 살고 나머지 방은 사글세를 내어주었다. 월세 돈이 모이면 급히 필요한 동네 분들과 어머니 친구들께 빌려주어 이자를 받아 종잣돈을 만들었다. 어느 날엔 학교 끝나고 집에 와보니 시멘트와 벽돌이 앞마당에 쌓여있었다. 여쭤보니, 단층 주택 위에 공부방을 만들어준다는 것이다. 지금 지으면 무허가 건물이지만 그때는 통했던 시대였다. 넓은 창을 통해 들어오는 햇살을 받으며 책상에 앉아 책을 읽을 때는 어머니 품속 같은 휴식이 온몸에 스며들었다.

재테크에도 능하셨던 어머니는 집안 살림을 잘 꾸려나가면서 저축도 소홀히 하지 않으셨다. 아버지가 급히 자금이 필요한 때 어머니의 도움으로 위기를 넘긴 적도 있었다. 어머니는 규모 있는 살림꾼이어서 지출이 수입을 넘는 적이 없었다. 다른 건 몰라도 나는 가정생활에서 돈을 관리하는 것은 어머니를 많이 닮았다. 더욱이 사치와도 거리가 멀었다. 옷을 살 때도 꼭 할인 판매점을 이용하고 손때 묻은 물건을 무척이나 아껴 함부로 버리는 법이 없었다. 집이 고물상 같다고 아버지는 불만이셨다. 아버지가 오래된 물건을 정리해 버리면 어머니는 어느새 챙겨 오신다. 주방에 있는 그릇도 몇십 년이 넘었고, 어머니가 시집 올 때 쓰던 물건이 아직도 눈에 띈다. 어릴 적 어머니가 누룽지를 밥 대신 드시는 것을 자주 보았다. 쌀 한 톨 버리는 것이 없고, 냉장고가 없던 시절에는 밥이 쉬었으면 씻어서 끓여 드시는 분이다.

 나는 살면서 부모님의 말다툼을 본 기억이 거의 없다. 여간해서는 목소리가 밖으로 들리는 일이 드물었다. 어머니는 인생 전부를 가족들 돌보며 지냈다. 사리에 밝으시면서도 합리적인 성품이다. 아버지와 어머니는 용띠 동갑이신데 아버지는 다정다감하고 권위를 내세우지 않으셨다. 일찍이 서울에 자리를 잡고 있어 춘천에서 가까이하지 않는 친척까지 늘 우리 집에 들러 묵어가곤 하는 여관집 풍경이었다. 그래도 어머닌 따뜻하게 대접하고 싶은 마음으로 찌개를 끓이고, 나물을 무쳐 음식을 대접하면 손님들은 맛있다고 칭찬을 아끼지 않았다.

 특히 어머니는 틈이 날 때마다 뜨개질로 우리들의 장갑이나 조끼를 떠주셨다. 수예점을 하시는 어머니 친구분이 계셨다. 친구분이 오시면 어머니의 얼굴엔 기쁨에 표정이 번져있었고, 대접할 음식을 만들기 위해 전날부터 부지런히 움직이셨다. 오랜 시간 이야기를 나누었으며 즐거운 웃음소리가 끊임없이 흘러나왔다. 어머니는 약간 상기된 얼굴로 좋아하셨고, 친구분도 우리를 이뻐해주셨다.

어머니는 수예나 뜨개질을 하며 친구분과 오손도손 함께할 때면 기분이 상쾌해진다고 하셨다. 어머니와 친구분의 대화를 듣다보면 나까지 즐거워진다. 중학교 가정 수업 때 스웨터를 뜨고 있었는데 귀찮을 정도로 물어본 적이 있었다. 그분은 한결같은 가르침을 주었고 즐겁게 배울 수 있도록 배려해주었다.

언젠가 그분에게,

"항상 누구에게나 친절하시고, 배려심 있게 말씀하시나요?"

"말과 행동은 훈련으로 단련되는 거야. 그 모두가 훈련에서 비롯된 거지."

요즘 어머니의 얼굴은 세월의 흔적이 녹아있어도 그늘이 보이지 않는다. 다리가 불편하여 겨우 일어서서 빨래를 널어도 어머니는 그 일 자체가 즐거움이다. '몸이 불편해도 행복하다.' 하시며 마른 빨래를 차곡차곡 접으시며 입가에 미소가 번진다.

지난 세월 한결같이 내 곁을 지켜주신 어머니 내가 무엇을 하든 항상 나를 믿어주고, 언제나 같은 자리에서 나를 기다려주신 어머니와 난 한 몸이었다.

7

어떤 용서

🌙 외출 후, 돌아와 안방에 들어서니 무언가 어수선한 분위기다. 초등생 아들에게 물었다.

"방 안에 누가 들어왔었니?"

"은호가 안방에서 공놀이하자고 해서 들어갔어요."

급히 쓸 현금은 화장대 서랍에 넣어둔다. 열어보니, 만 원짜리로 십만 원이 있었는데, 몇만 원 부족해 보인다.

"어… 이상하네!"

"아들아! 엄마 화장대 서랍 열었니?"

"아니요. 공만 가지고 놀았어요."

"아니야! 그럴 리가 없는데 논이 모자라."

뭔가 개운치 않은 생각에 며칠을 고민하다, 이대로 덮어두어서는 안 되겠다는 생각이 들었다. 아들 친구 은호에게 정직하지 못한 행동을 할 때 가장 큰 피해를 보는 것은 자신이라는 것을 일깨워줘야 할 것 같았다. 떳떳하지 못한 행동을 하면 그것이 쌓여 모든 생활이 불안감에 빠져들 수 있다. 잘못을 저질렀으면 반성하고 고치면 되지만, 거짓말로 위기를 모면하려고 하면 안 되겠기에 결단을 내렸다. 정확지도 않은데 심증만으로 은호를 의심하기엔 좀 그렇지만 꼭! 확인해보고 싶었다.

하교 시간에 맞춰 초등학교 정문 앞에서 은호를 기다렸다. 20여 분 지났을까. 또래 아이들보다 작고 야물어 보이는 은호가 친구들과 걸어 나온다.
"은호야~."
부르니, 약간 긴장한 모습으로 바라보더니 고개를 푹 숙인다.
"확인할 것이 있으니 집에 가서 얘기 좀 하자."

안방에 마주 앉았다. 며칠 전 놀러 왔던 거 기억나지. 화장대 서랍에 넣어두었던 돈이 조금 비어있던데, 혹시 손대지 않았니? 은호는 펄쩍 뛰며 그런 일이 없다고 딱 잡아뗀다. 너무도 완강한 태도에 '괜한 의심을 하는 건 아닌가!'라는 생각이 들었다. 하지만 시선은 화장대 쪽을 외면하며 눈동자가 흔들린다. 손은 쉴 새 없이 만지작거린다.

나는 은호에게 순간 나쁜 마음이 들어 돈을 가져갔지만, 거짓말을 하면 더 큰 죄가 된단다. 돈 꺼낼 때 화장대에 너의 손자국이 묻어 있어. 솔직히 말해주면 비밀로 하겠다고 설득했다. 말을 할 듯 말 듯 망설이다, 기어들어가는 목소리로 말을 했다.

"제가 삼만 원 가져갔어요! 흑… 흑….

두 눈에선 어느새 눈물이 뚝뚝 떨어지고 있었다. 눈물을 닦아주며 말했다.

"네가 사실을 말했으니까, 용서해주는 거야." 나는 어깨를 다독여주었다.

"이번은 용서해주지만, 남의 물건을 훔치는 것은 올바르지 못한 행동이야!"

"지금은 어려서 벌을 받지 않지만, 커서도 훔치면 죄를 짓는 것이고, 무거운 벌도 받아야 해."

"바르지 않은 행동인지 알면서 하는 것은 큰 잘못이란다. 알겠니?"

은호는 고개를 떨구고 힘없이 대답했다.

"다시는 훔치지 않을게요. 죄송해요."

이런 일이 없게 하려고 은호에게 앞으로는 남의 물건을 훔치지 않겠다는 반성문을 쓰게 했다. 그리고 같은 행동이 반복되면 선생님께 반성문을 보이겠다고 경고했다. 은호가 남의 물건을 훔치거나 거짓말을 하는 것이 옳지 못함을 판단할 줄 아는 나이기에 지금 나쁜 행동을 바로 잡지 않으면, 다시 훔칠 수도 있다는 걱정이 되었기 때문이다.

은호에게 가정환경을 들을 수 있었다. 아빠 혼자서 땅끝에 내몰린 아이처럼 키우고 있었다. 세심한 관리가 안 되다 보니, 아이를 방치해 마음 둘 곳을 찾지 못해 이런 잘못을 저질렀다.

"은호야~, 이 일은 너와 나만 아는 거야. 힘들고, 엄마 생각이 날 때면 놀러와~. 맛있는 거 해줄 테니까."

8

콘크리트 벽 속 사람들

　　☾ 평양민속예술단은 남과 북의 문화적 이질감을 해소하기 위하여 북한에서 예술 활동을 했던 탈북민들이 만든 단체다. 한민족의 전통 악기와 민요를 한국 무대에서 공유하고, 소외 계층을 위한 예술 공연을 하고 있다. 몇 년 전부터 수원 구치소(교도소)에 교화 공연을 하고 있다. 구치소로부터 예술단 후원 회장인 남편에게 감사패를 수여한다는 연락을 받았다. 부처님 오신 날 교화 공연이 있기 전 구치소 사무국에서 참석자 신원 조회를 위해 주민등록번호와 연락처를 묻는다.

　2017년 4월 19일, 부처님 오신 날 교화 공연을 겸한 시상식에 참석하기 위해 오후 1시 수원 구치소에 도착했다. 콘크리트 벽과 두꺼운 강철제문, 낯선 환경에 참석을 주저했었다. 콘크리트 건물 입구에 들어서니, 신분 확인 절차를 거쳐야 했다. 보안을 위해 모든 소지품을 맡기고 방문증을 받아 목에 걸었다. 구치소 직원의 안내로 3층 연무관으로 향했다. 긴 복도에 들어서니 철문 소리가 쩌렁쩌렁 울린다. 연무관 강당에 들어서니 앞에 무대가 있고, 창문은 짙은 자주색 커튼이 드리워져 있었다. 중앙에 수형자들이 앉을 수 있게 100여 개 의자가 놓여 있고 다과가 준비되어 있다. 오른쪽으로는 불교 관계자, 구치소에 수감 중인 수형자들을 위해 봉사 활동을 하는 교정 위원들과 구치소 직원들이 일부 배석하였다. 이 자리는 교도소라는 특수한 공간에서 매일 수형자들을 관리하는 교도관의 화합을 위한 자리이기도 했다.

이윽고, 교도관의 인솔하에 80여 명의 1급 모범수들이 갈색 수의를 입고, 일렬로 줄지어서 들어왔다. 젊은 청년, 나이 든 남성도 보인다. 이어서 하늘색 수의를 입은 20여 명의 여자 수형자들이 자리에 앉았다. 앳된 모습의 젊은 아가씨도 있었고, 머리가 희끗희끗한 여성도 보인다. 무슨 죄를 지었는지 알 수 없지만, 뭔지 모르는 덩어리가 목에 걸린 것처럼 가슴에 통증이 번져온다. 그들은 슬픔이 함몰된 세월을 이겨내는 사람들처럼 보였고, 의외로 많은 사람이 지켜보고 있는 것에 긴장한 모습이다. 저들은 어떤 사연을 담고 여기 와 있을까? 지금 그들은 침통한 현실에 묻혀있더라도 사소한 기쁨이 위로된다는 사실이다. 봉사하는 이들의 힘으로 작은 기쁨을 이루어내는 봉축 법회가 시작되었다.

개회사 이후 용주사 합창단의 찬불가에 이어 반야심경을 다함께 봉독하였다. 내빈 소개가 이어지고, 수원 구치소장으로부터 교정 위원 두 사람과 남편은 교화 공로가 인정되어 감사패를 받았고, 탈북 예술단의 공연이 이루어졌다. 탈북 가수의 우렁찬 「화개장터」를 필두로 「강원도 아리랑」에 이어 아코디언 연주가 이어졌다. 「이별의 인천항구」가 애절한 가락으로 연주될 때는 눈물을 훔치는 수형자도 보인다. 이어 듀엣 가수 '미스미스터'가 학창시절 교복을 입고 나와 흥을 돋운다. 추억의 7080 노래 「세계로 가는 기차」와 「젊은 태양」을 신명 나게 부른다. 무표정했던 수형자들 얼굴에 웃음이 번지더니, 따라 부르기 시작했다.

수형자들의 노래자랑이 이루어지니 강당 안의 분위기는 고조되어갔다. 6팀이 나와 노래 및 장기자랑을 뽐냈다. 노래자랑 우수자에게는 상품으로 구치소에서 가장 인기가 좋다는 사발면

세트를 한아름 안겨주었다. 노래자랑을 끝으로 3시간의 모든 행사는 끝이 났다. 이제 왔던 곳으로 돌아가는 얼굴엔 긴장이 서려있다.

옆에 있던 여성 교정 위원이 퇴장하는 수형자 중 한 사람을 지목하며 말을 이었다. 그 수형자는 음주운전을 하다 목숨을 잃게 한 죄로 수감 생활을 하고 있는데, 가슴이 답답할 땐 글을 썼다고 한다. 수형 생활은 생각보다 힘겨웠고, 살아온 날들을 뒤돌아보기도 하며 다른 수형자들의 일상을 기록하며 지냈다. 일주일에 한 번씩 모여 쓴 글에 대한 평가에서 기본 틀을 닦았고, 수정을 거듭하며 쓴 글들이 쌓여갔다. 마침내 교정국 공개 심사에 통과되어 교정 회보에 글이 실리면서 작가 꿈을 키우고 있었다.

제2장

반려동물과
보이지 않는 끈

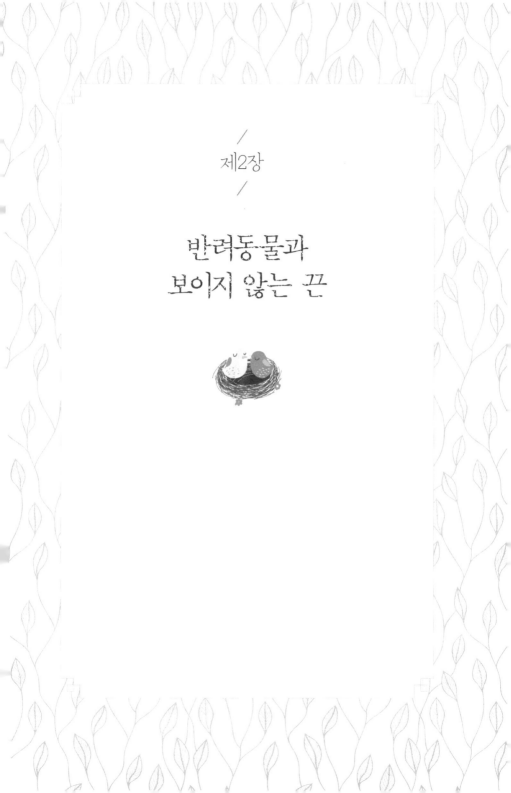

1

용맹이, 사과나무 밑에 잠들다

🌙 목줄이 풀어진 채, 배가 축 늘어져있고, 다리에 힘이 없어 보인다.

"아버지! 용맹이를 왜 풀어놓았어요?"

"수명이 다돼서, 이제 갈 때가 된 것 같다."

"아예, 먹지를 않으니 걱정이야!"

"사과나무 밑에 볏짚을 깔아 편히 가게 자리를 마련해두었다."

오래전, 아버지 지인이 시내로 이사를 하게 되었다며 진돗개 새끼를 농장으로 데리고 왔다. 황금빛 털은 놀라울 정도로 윤기가 흘렀고, 눈과 이빨이 날카로워 보였다. 용맹하고 충성스러운 개가 되라고 '용맹'이라 이름 지었다. 아버지가 산을 찾거나, 마실을 갈 때는 늘 그림자처럼 따라다녔다. 산골짜기에서 내려온 고라니를 발견할 때면 날렵한 동작으로 잡아다가 아버지께 바쳐 이쁨을 받곤 했다.

순간 많은 생각이 스쳐 지나간다. 한여름 시냇가에서 목욕을 시켜주던 일, 함께 걷던 붉은 갈대 숲길, 고기를 먹을 때면 용맹이 생각에 꼭꼭 싸매서 갖다주면 뒤도 안 돌아보고 먹던 일들. 아버지는 용맹이를 위해 매일 읍에 있는 식당을 돌며 육류 부산물을 얻어와 끓여 먹이곤 했다. 소나무와 전나무 사이에 긴 줄을 묶어 놓고, 도르래를 달아 맘껏 뛰어놀 수 있도록 놀이터를 만들어주었다.

아… 벌써 그렇게 오래되었나? 따져보니 17년이란 세월이 흘렀다. 힘이 풀린 눈으로 쳐다본다. 얼굴을 자세히 들여다보니 아버지 얼굴과 닮아있다. 이상한 슬픔이 밀려왔다. 다리에 힘이 빠져 주저앉았다. 등을 어루만져 주었더니, 작별 인사라도 하듯 눈을 껌뻑이며 꼬리를 흔든다. 식구가 되어 지냈는데, 헤어질 때가 되었다니…. 왈칵 눈물이 솟는다. "우리와 함께 해줘서 고마웠어. 아픔 없는 그곳에 가서 행복하게 살아라."

안개가 뿌연 새벽. 용맹이는 곧 떠날 것처럼 볏짚 위에 쓰러져 있다. 이제 아침이 밝아오면 떠나겠지. 사과나무 아래 잎이 수북이 쌓여 떠날 자리를 더해준다. 사과꽃이 하얗게 핀 농장에서 술래잡기하며 놀던 용맹이. 아버지의 애정 어린 마음도 모두 가슴에 쓸어 담고 갈 것이다.

아버지와 용맹이의 이별식.

"용맹아~."

"이제, 떠나는 거니?"

"설움은 묻어두고 떠나는 거야."

"자아, 용기를 내야지…."

"울고 싶으면 마음껏 울어도 돼."

울음소리는 점점 작아지더니 안식의 숨을 몰아쉰다. 약간 벌어진 입 사이로 타액이 흘러내렸다. 녹음이 무성했던 여름에는 힘 있게 짖어대며 겅중겅중 뛰어오르며 마냥 행복했던 시간도 있었지. 무언가 하고 싶은 말이 있는 듯 입을 달싹인다. 아버지는 차마 볼 수 없어 외면하며 가슴에 품어 안는다.

용맹이는 아버지 품에서 편안히 잠들었고, 수목장으로 사과나무 밑에 묻어주었다. 어머니께서 말씀하신다. "용맹이 떠나고 나서 눈물을 많이 흘리시더구나. 식사도 못 하시고 어찌나 끙끙 앓는지…." 아버지는 용맹이 죽음 이후 스트레스를 많이 받았고, 불면증과 피로에 시달리셨다. 어떤 죽음이든 누군가를 잃는 것은 슬픔이 진하게 남는다.

　나는 아버지께,
　"힘드시겠지만, 건강을 잘 돌보셔야 해요."
　"용맹이도 그러길 바랄 거예요."
　"우리 가족 사랑을 듬뿍 받았고, 사과나무 밑에 잠들어 있잖아요."
　아버지는 농장 위에 있는 매산에 다녀오셨다. 땀에 흠뻑 젖은 얼굴을 닦으며 말씀하신다.
　"용맹이가 없으니, 농장이 절간처럼 조용하구나."

2

수호천사와 자매들

🌙 텃밭에 심어놓은 채소를 가꾸고 있었다. 흰 고양이가 울타리를 쳐놓은 가시철망을 뚫고 들어온다. 경계의 눈빛으로 주위를 두리번거리며 먹이를 찾고 있다. 생김새가 눈처럼 하얀 털을 가졌고, 눈동자는 파르스름하게 빛이 나는 귀여운 모습이다. 자세히 보니, 야산에서 음식물 쓰레기를 뒤지던 흰 고양이였다. 집에서 먹던 생선에 밥을 섞어 텃밭 위에 놓아주었다. 굶주렸었는지 정신없이 먹어댄다. 배가 불룩한 것이 새끼 낳을 때가 된 것 같다.

7년 전, 아파트에서 시골 풍경을 그대로 닮은 집으로 이사를 왔다. 집 안팎을 가꾸는 전원생활의 적응이 쉽지 않았다. 새벽이면 야트막한 담 위에서 들고양이들이 파란 불빛을 일으키며 집안을 바라보고 있다. 고양이들끼리 영역 싸움을 하는지 꼬리를 내려뜨리고 목덜미 털을 빳빳이 세운 채 이빨을 드러내고 싸울 때는 공포감마저 들었다.

"야옹~ 야옹~."

어디선가 고양이들의 울음소리가 들린다. 고양이는 보이지 않는다. 소리가 나는 곳을 따라가보니 주택 바닥 틈새에 겨우 눈을 뜬 새끼 고양이들이 올망졸망 앉아있다. 흰 고양이, 호랑이 무늬가 그려진 고양이, 황금색 고양이다. 어미는 보이지 않는다. 걱정스러운 마음에 우유를 갖다 주어도 먹지를 않고 숨기만 한다. 어미는 왜 나타나지 않는 걸까? 새끼들은 어미 고양이만 찾을 뿐 도통 먹지를 않고 애절하게 울기만 한다. 답답한 마음으로 동네며 야산으로 찾아보았지만, 어미인 흰 고양이는 볼 수 없었다.

여름 햇살 가득한 대낮 아랫방이 있는 곳의 현관문을 열어놓고 있었다. 집안 어디선가 희미하게 고양이 소리가 들린다. 소리 나는 곳을 가 보았다. 옆 식당이 잠시 휴점하는 동안 들쥐들의 세상이 되었다. 들쥐를 잡으려고 놓아두었던 쥐덫 끈끈이에 새끼인 흰 고양이와 호랑이 무늬 고양이가 엉겨붙어 있다. 놀란 눈으로 쳐다보며 야옹거린다. 사용하지 않는 목욕실에서도 새끼 고양이 울음소리가 들린다. 끈끈이 판에 발이 붙어 옴짝달싹 못하고 있다. 살려달라는 애원의 눈빛을 보내고 있다.

　남편에게 이 처참한 상황을 알리니 한걸음에 달려왔다. 태어난 지 얼마 안 된 새끼 고양이라 만지기도 힘들었다. 끈끈이 판에서 어떻게 떼어내야 할지 막막하였다. 끈끈이 판에 붙은 고양이들을 떼려고 하니 털과 같이 떨어졌다. 새끼 고양이들은 고통을 호소하며 야옹 야옹 하며 아우성이다. 급한 대로 그릇 닦는 세정제로 씻기어도 워낙 강력한 접착제라 떼어내도 바닥에 달라붙는다.

　늦은 밤, 새끼 고양이들은 죽을 것 같이 감겨가는 눈으로 널브러져 있다. 아픔의 호소와 어미를 찾는 울부짖음이 들려왔다. 남편은 살리기 위해 최선을 다 했으니, 사는 것은 고양이들의 운명이라고 한다. 다음 날 나뭇잎 서걱거리는 소리가 들린다. 이 녀석들이 얼마나 지혜로운지 나뭇잎 떨어진 곳에 몸을 굴려 나뭇잎을 몸에 붙여 놓고 있었다. 흉측한 몰골로 다니는 흰 고양이를 앞집 아가씨가 보고는 측은지심에 간식을 챙겨 대문 안으로 넣어준다. 천사 모습이라며 '수호천사'라 이름 지어 '수호'라 불렀고, 호랑이 무늬 고양이는 사랑 많이 받고 자라라고 '사랑' 황금색 고양이는 귀엽다고 '아랑'이라 지어 그때부터 들고양이들과 식구가 되었다.

  고양이를 키워본 적이 없던 나는 사람 밥 먹듯이 아침, 저녁으로 생선이나 먹다 남은 고기를 밥과 끓여 먹여 보았다. 이삼일은 본 척도 하지 않던 고양이들이 먹어대기 시작했다. 새끼 고양이들은 무럭무럭 커갔다. 얼근히 취한 남편이 술안주 했던 치킨을 검은 봉지에 싸 가지고 온다. 담벼락 위에 앉아 하염없이 기다리던 고양이들이 뛰어 내려와 "난 아빠가 얼마나 좋은지 몰라요."라는 듯이 떼굴떼굴 구르며 고마움을 표시하고는 정신없이 먹어댄다.

  아침이면 경쟁하듯 현관 앞에 쥐를 잡아 갖다놓는다. 낮은 창문으로 얼굴을 들이밀고 "나 잘했지요. 들어가게 해주세요."라는 당당한 표정을 짓는다. 한밤중 수호가 쥐를 잡아 장독대 옆에서 놀고 있는 것을 보았다. 30분이 지났을 무렵 현관문을 잠그려고 나오는데 거실에 사랑이가 수호가 잡은 쥐를 입에 물고는 의기양양 서있다. "나 잘했지요. 칭찬해주세요."라는 모습이다.

놀라긴 했지만 고양이 세상에서도 꼼수를 부리는 녀석이 있구나 생각하니 웃음이 나왔다.

"사랑아! 넌, 앞으로 별명이 꼼냥이야."

3

거긴 내 자리예요

🌙 "수호야! 집 안으로 들어오지 말라고 했지?"

찌는 듯한 더위, 환기를 시키기 위해 현관문을 열어놓았다. 고양이를 예뻐하지만, 집안에서 털 빠짐을 감당할 수가 없다. 현관 방충망에 코를 바싹 디밀고 있다. "지금 나 들어가고 싶어요." 마음속 얘기가 들리는 듯하다. 나의 마음을 사로잡기 위해 구르다가 발랑 뒤집고 오뚝이처럼 다시 앉아 애원하듯 쳐다본다. 원하는 것이 있을 땐 순하게 굴며 애절한 눈빛을 보낸다. 황태채 말린 것을 잘게 썰어 주니 날름 다 먹고는 방충망에 얼굴을 붙이고 칭얼대는 모습이다. "그렇게 먹고도 또, 달라고 보채니?" 수호를 떼어놓고 문을 닫았다. 말 안 듣는 자식 나무라듯,

잔소리하는 내 행동에 '피식' 웃음이 나온다.

　얼마쯤 지났을까. 우당탕하는 소리에 놀라 창문을 내다보았다. 수호가 창문에 기어올라 거미처럼 붙어있다. "어휴, 어쩔 수가 없구나!" 창문을 열고 덥석 안아 올렸다. "이제 너를 예뻐하는 마음을 숨길 수가 없구나?" 전생에 무슨 인연이라도 있었는지 늦둥이를 가슴으로 낳은 것처럼 자식 대하듯 키운다. 생선을 구워 같이 먹고, 고기를 구울 때는 먼저 챙겨 먹이곤 한다. 무릎에 얼굴을 비비며 살가운 애교를 떤다. "엄마! 날 키워줘서 고마워요."라는 소리가 들리는 건 환청인가! 눈을 깜빡이며 수줍음의 미소를 보낼 때는 살아있는 천사임이 틀림없어 보인다.

　아랑이는 몸집이 작아 중성화 수술을 할 수 없었다. 야산에서 나무를 타거나 긁어대며 노는 걸 좋아한다. 어느 날 보니 배가 불룩한 게 새끼를 가졌다. 특별히 더 신경을 쓰게 된다. 닭고기 국물에 살을 조금 찢어 넣고 밥을 말아 주었더니 쪽쪽 빨아 먹는다. 창고 안에 선풍기 넣었던 빈 상자에 천을 깔아 새끼를 낳을 수 있도록 산실을 만들어 주었다. 얼마 지나 새끼 울음소리가 들렸다. 상자 안을 들여다보니 흰 새끼 고양이 두 마리가 꼬물거리고 있다.

울음소리가 나지 않아 확인해보니 새끼 고양이들이 온데간데 없었다. 아랑이가 새끼들을 보호하기 위해 장소를 옮긴 것이다. 창고에 구운 생선을 넣어두면 어김없이 먹고 간다. 비라도 내리면 새끼들을 어디에 옮겨 놓은 것인지 걱정되었다. 아랑이가 워낙 날쌘돌이라 밥을 먹고 사라질 땐 빈개처럼 없어지니 찾을 수도 없었다. 십여 일이 지나서 새끼들 울음소리가 들린다. 70년 나이테를 두른 집이라 처마 끝과 지붕이 떠있다. 그 공간에다 아랑이가 새끼들을 옮겨놓았다.

아랑이는 그렇게 무심히 떠나고 소식이 없다. 변심한 여인의 마음처럼 냉정하다. 아랑인 어미를 따라 하듯 우리에게 새끼를 맡기고 떠나버렸다. 이것이 고양이들의 모정인가? 나는 떠날 테니 내 새끼들을 잘 돌보아달라는 무언의 메시지라 믿고 싶다. 새끼 고양이들은 흰 꽃이 피어있는 모습을 닮았다. 설화와 설희로 이름을 지어 주었다. 설화, 설희는 태어날 때부터 야생에 길들면서 사람 옆에는 오지를 않는다. 처마 밑에 먹을 것을 챙겨 놓으면 먹고는 도통 아는 척을 하지 않는다. 도도함을 무기처럼 생각하는 녀석들이다.

수호·사랑·설화·설희 고양이 4마리가 우리 가족이 되었다.

고양이들이 집안에 그득하니, 아찔한 불안감이 몰려온다. 고양이를 예뻐하는 남편이 한마디 한다. 어른들 말씀이 내 집에 찾아 들어오는 것은, 사람이든 미물이든 복덩이라고 한대. 그 옛날 가난한 집에서 아이를 낳으면 먹이고, 입힐 수가 없어 부잣집 대문 앞에 놓고 간다잖아. 그러면 업둥이를 거두어 친자식처럼 키워주었지. 아랑이가 제 새끼를 잘 키워줄 것이라 믿고 떠났으니, 내 새끼처럼 잘 키워주자고 한다.

　수호와 사랑은 낙타 전법으로 현관 방충망을 드나들 수 있을 만큼 뚫어놓았다. 집안으로 침투하여 방 한 칸을 차지하였다. 내 전용 소파에 비스듬히 누워 TV를 시청하고 있으면 사랑이가 "빨리 비켜주세요. 거긴 내 자리예요." 눈을 똥그랗게 뜨고 내 눈을 쳐다보며 야옹거린다.
　"에고~ 요, 귀여운 녀석!"
　"내가, 고양일 이렇게 예뻐하다니?"

4

전설의 고려방

🌙 "와~ 돌 거북이네!"

목을 잔뜩 움츠리고, 상념에 잠겨 있는 모습이다. 등 한가운데 '王'자가 깊게 새겨져 있다. 천 년의 뚝심을 지닌 커다란 거북이가 고려방 지킴이로 엎드려 있다. 종로3가 전철역에서 문화의 거리로 쭉 뻗은 도로 주변에는 장고나 가야금을 파는 악기점. 쇼윈도에는 선녀의 나래옷처럼 곱디고운 한복을 판매하는 고전 의상실이 즐비하다. 건물 사이로 금빛으로 웅장하게 치장된 대각사도 보인다. 인사동 한복판에 있는 고려방은 고미술 갤러리로 지난 과거의 대변인 역할을 하듯 미술품과 골동품이 새 주인을 만나기 위해 전시되어 있다. 입구에서 김 관장이 우리를 반겨준다.

전시장에는 화강석으로 조각된 석조 불상이 전시되어 있다. 그 옛날 곳곳에 석질이 매우 좋은 화강석이 많아서 건축이나 조각의 재료로 쓰이는 화강석이 발달했다고 한다. 강인한 화강석에 부드러움을 원하면 부드럽게, 섬세한 곡선을 원하면 섬세한 곡선으로 마치 화강석을 맘대로 주무르듯 다룰 수 있었던 과거 조각가들. 전통적인 솜씨가 그대로 드러난 기교미가 있는 작품이라 한달음에 달려가 사들였다고 한다. 옛 조상들은 남자의 마음을 돌 같은 심지로 표현했다. 또, 오랜 풍파의 세월을 보낸 돌의 마음을 이해해야 아름다움을 볼 수 있단다. 관장은 돌에서 인내를 배우고 돌과 아침, 저녁으로 소리 없이 대화를 나누고 있었다.

생활용품 골동품들은 초라해 보이기도 하고, 어설퍼 보이기도 하지만, 옛 농민의 한숨과 웃음이 뒤섞여 보이는 절구, 곱돌솥, 소반의 여러 종류가 진열되어 있다. 어릴 적 할머니 집에서 보았던 화로가 눈에 들어와 반가운 마음에 만져보았다. 꺼칠한 감촉은 할머니가 귀엽다고 볼을 만져주었던 따뜻한 체온이 손끝에 느껴지는 기분이다. 어둑해지면 할머니는 아궁이에 불을 지펴 가마솥에 밥을 지으며 구들을 따뜻하게 만드셨다. 아궁이 숯을 화로에 가득 담아 고구마를 묻어 군것질거리를 만들어주셨다.

노릇노릇 구워진 고구마를 손녀 입에 넣어줄 때, 화로에 비친 할머니 얼굴은 검붉은 목단꽃으로 물들어 있었지.

나무로 깎아 색을 입힌 오리 한 마리가 오도카니 앉아있는 모습이 보인다. 물 한 모금 마시고, 동무를 기다리는 익살스러운 아이의 모습 같기도 하다. 옆으로 용이 굼틀거리며 노니는 그림이 그려진 분청사기 매병이 진열되어 있다. 용 그림 위에 연꽃잎을 그려넣은 것을 보니, 용이 승천하기 전 기뻐서 넘실대는 웃음으로 보였다. 나란히 호리병 모양의 백자 양각매죽 문병이 놓여있었다. 희디흰 모습의 도자기는 우리네 성품과 잘 어울릴법한 아름다움을 자연스럽게 지니고 있었다. 가냘픈 것 같으면서도 부드러워 보이는 미끈한 곡선에 은은한 광택은 기품 있는 곡선이 되어 멋진 조화를 이루고 있었다.

시선을 끄는 물건이 있어 자세히 보니, 일제강점기 때 만들어 판매되었던 우리나라 최초 화장품 박가분장분(朴家紛張粉)이 전시되어 있었다. 흰색 골패 모양 16개가 청색 꽃으로 디자인한 사각 통에 고스란히 담겨 있었다. 누렇게 변한 사용 설명서에는 머리를 곱게 빗어 길게 땋아 내리고, 치마저고리를 입은 처녀가 경대 앞에 앉아 화장하는 모습이 그려져 있다. 화장품의 최초 역사를 대하니 가슴이 두근거리며 신비롭기조차 했다.

뒤로 그 옛날 꽃 자수 병풍이 있다. 만든이는 소망을 비는 것처럼 절실한 마음의 표현으로 비단 실을 바늘에 꿰어 한 땀씩 수놓았을 것이다. 작품 중에 꽃방석이나 자수 병풍은 요즘으로 말하면 집안을 꾸미는 인테리어 소품이다. 예전 나의 어머니도 횃댓보에 수를 놓아 옷 가리개를 만들어 옷을 보호하였다. 수틀 앞에서 보내는 시간이 많으셨고, 담담한 집안의 분위기를 생기 있게 수놓았다. 고운 색채가 알맞게 깃들어져 있었고, 그 밑에는 자식들의 영롱한 꿈을 기원했을 것이다.

인사동에 오는 많은 외국인이 생활용품 골동품인 반닫이, 삼층장, 병풍을 사가고 있다고 한다. 듬직한 조상의 전통 가구들이 외국인의 집안 장식을 위해 이민을 떠나듯 그렇게 수만 리 길을 떠나가고 있다.

골동품은 과거와 현재를 이어주는 역사의 끈이다. 기계 문명의 극지점에 살고 있는 지금에 우리는 후손들에게 무엇을 남겨줄 것인가. 우리가 만들고, 쓰고 있는 것들이 역사의 골동품으로 남겨지게 되면 좋겠다.

5

피어오르는 말(馬) 사랑

🌙 '말(馬)을 처음 타본 적이 언제였던가?'

십 대 후반 제주도 수련회 때 승마 체험을 했었다. 겁이 많았던 나는 말타기를 거부했었다. 말의 이마를 쓰다듬어주니 손길을 느껴선지 쳐다보는 눈빛이 온순해 보였다. 타보기로 마음을 고쳐먹었다. 설렘 반, 두려움 반이었지만 겉으론 내색하지 않았다. "말과 한 몸으로 뛰어보며, 그 기분을 느껴보는 거야!" 안장에 올라앉자마자 흔들거림에 놀란 나는 "으악! 저 좀, 내려주세요!" 소리를 질렀다.

안내자는 "몸에 힘을 빼세요! 너무 힘을 주면 말도 힘들어해요. 긴장을 풀고 말과 리듬을 맞추며 즐겨보세요." 말과 함께 교감이 이루어지며 자연스럽게 하나가 되었다. 자연 풍광도 들떠 보였고, 우리는 3박자가 되어 달리는 말에 몸을 맡기고, 쿵더쿵! 덩더쿵! 춤을 추었다. 말고삐를 살짝 당겨주니, 내가 원하는 방향으로 몸을 튼다. 짜릿한 전율이 온몸에 전해졌었지.

전시실의 둥그런 탁자에 앉아 김 관장의 고독한 외길 말(馬) 사랑에 지난 삶의 이야기를 들을 수 있었다. 어릴 때부터 동물을 좋아해 수의사가 되고 싶었지만, 군대를 제대하고 치과기공사를 하였단다. 처음에는 취미로 수석을 수집하였는데, 새로운 것을 발견하는 것이 신기하였단다. 치과기공사를 하여 돈을 잘 벌게 되었고, 그때부터는 도자기에 매료되면서 점점 서화나 금속류의 고미술품에 빠져들게 되었다. 친척이 말을 키우고 있었다. 말이 좋아 그곳 마구간에 들러 말을 보며 대화도 해보고, 등도 쓸어주면서 정이 들었고, 말 사랑에 빠지게 되었다.

수시로 전국을 돌아다니며 말이 남긴 마구나 장신구에 관련된 자료를 찾아다녔다. 주위에서 왜 하필 마구를 수집하게 되었나 많이 물어왔다. 말은 동물이라서 수명이 다 되면 죽고 없지만, 말이 남긴 마구나 장신구는 영원히 말과 함께했던 삶을 증명해 주는 것에 말 역사의 전통을 심는 사람이 되고 싶었다고 한다.

마구에 관련해서 소장된 자료들이 거의 없어 누군가 해야 할 일이기에 묵묵히 해나가고 있었다. 마구를 수집하기 위해 계절을 막론하고, 눈, 비가 오거나 험한 산악지대도 직접 찾아가지만, 막상 현장에 가서 마구의 유품이 생각했던 것과 달리 시대가 불분명하거나 형태가 훼손되었을 경우는 허탈감에 몸이 내려앉았다 한다.

그래도 가장 자부심을 느끼고 있는 것은 조선시대 왕이 사용하였던 상어 껍질로 만든 말안장을 소유하고 있는 것이라고 한다. 안장의 전륜과 후륜 곳곳에 9개의 용이 있는 구룡 무늬가 새겨져있다. 또 다른 기쁨을 준 마구는 가죽 안장 중 조선 중기 임진왜란 때에 활약했던 최문병 의병장이 사용했던 말안장이다. 이 안장은 등자와 배띠를 갖출 정도로 보존 상태가 좋다. 나무로 윤곽을 잡은 앞뒤 안교(鞍橋)의 바깥에는 고슴도치로 가죽을 씌웠으며 세 곳에는 뼛조각으로 꽃 모양의 무늬를 새겨넣었다. 안장 자리는 가죽으로 만들어 쇠로 고정했으며 등자는 철제로 돼있다. 놀라운 것은 가죽으로 된 안장을 보면 안장머리와 앞가리개의 안교는 상아 뼈로 새겨넣은 글 모양이 목숨 수(壽)이다. 전투에 나가는 최문병 의병장의 안녕을 기리기 위해 왕이 하사한 것이다.

김 관장이 말 관련 자료 수집을 갈망하는 가장 큰 이유 중 하나는 말 역사의 귀중한 자료가 될 수 있는 것을 발견했을 때의 새로운 자극 때문이란다. 신기루를 발견하듯 찾아내어 많은 사람에게 보여주고 싶단다. 어느 시점에서는 말 역사가 성장하는 것을 멈추어서는 안 되겠기에 고단해도 멈출 수가 없다고 한다. 이제 김 관장이 소장하고 있는 삼국시대 출토된 마구, 고려시대 청동 말, 수집한 문서를 널리 알리면서, 말 문화유산을 함께하는 박물관 건립을 위한 터를 마련하는 것이 소망이다.

　김 관장은 어려서부터 말을 타게 되면 리더십 있는 성격으로 변하고, 전신운동이라 몸에 순환이 잘 된다고 말한다.
　"건강을 위해 말을 타기도 하지만, 정서적 안정에도 좋다고 들었어요."
　"네, 말과 교감을 통해 마음에 병도 치료가 되고 있지요."

제3장

지혜의 울림소리

1

돈은 누구를 따를까?

🌙 아침 일찍부터 밤늦게까지 쉴 새 없이 열심히 일해도 평생을 가난하게 사는 사람도 있고, 큰돈을 유산으로 받아 사업을 벌이다가 실패하는 사람도 있다. 똑같은 음식점을 운영해도 돈을 버는 사람이 있는가 하면 실패하는 사람도 있다. 건설사를 운영하는 60대 중반의 남자가 서글서글한 눈매에 입가에는 잔잔한 미소를 머금고, 지내온 파란만장한 인생 보따리를 풀어놓는다.

백담사 입구에서 펜션을 운영하고 있으며, 공공기관의 화장실 공사를 전문으로 하는 회사를 경영한다고 자신을 소개했다. 건설 관련 일을 이십 대 초반부터 시작해 오십여 년 가까이 해 왔고, 그쪽 계통에서는 최고라는 평가를 받고 있었다. 젊어서부터 최선을 다하여 살아왔기에 고통을 잘 참아내면서 성공의 희열을 맛보았다. 하지만 IMF 당시 하루하루 돌아오는 어음에 피말리는 시간을 보냈다. 결국, 부도를 겪으면서 건물 두 채를 허무하게 날려버리고 말았다. 모든 재산을 잃고, 방 한 칸에서 가족들과 좌절의 늪에 뒤덮여 숨이 막혔던 시절도 있었다. 그러나 포기하지 않았다. 인간의 능력으로 해결하지 못할 일이 무엇이 있겠는가? 우선, 돈을 벌려면 돈의 성질을 제대로 알아야 한다. 부자가 될 수 있느냐는 노력한다고 모두 되는 것이 아니다. 시냇가에 나무를 심어야 하듯이 돈의 움직임을 정확히 분석해 수익이 나올 가능성을 잘 판단해야지, 척박한 땅에 나무를 심어서는 원하는 열매를 얻을 수 없다고 말한다.

무엇보다 돈의 성격은 사람의 성격과 많이 닮아있다고 한다. 부자 될 마음을 지니고 있으면 부자가 되고, 가난뱅이가 될 마음을 지니고 있으면 가난뱅이가 된다는 것이다. 돈도 사람과 같이 외로움을 타서 사람이 많이 모인 곳에 있기를 원하고 자신을 중요하게 알아주는 사람 곁에 있고 싶어 한다는 것이다. 이렇게 생각하고 마음을 크게 갖고 베푸는 마음을 쌓아가는 것이 중요한데 적은 돈이라도 허술하게 대할 것이 아니라 소중히 여기고,

뭉쳐지도록 노력해야 한다. 여기에 더하여 사람과 사람 사이의 인간관계를 슬기롭게 펼쳐가다 보면 돈은 의리를 중시하는 사람을 따른다는 것이다.

다시금, 희망과 용기를 가지고 남들보다 독창적인 건설회사와 강남 운전면허시험장 인근에 중국 음식점을 개업하였다. 종업원으로 중국인을 고용했다. 비자에 문제가 생겨 강제 추방될 위기에 놓였다. 엎친 데 덮친 격으로 퇴근길에 자동차에 부딪혀 병원 신세를 지게 되었다. 가련한 마음이 들어 퇴원할 때까지 따뜻하게 보살피고, 기다렸다가 다시 일할 수 있게 위기에서 구해주었다. 그러자, 그녀의 중국에 있는 남편은 자신의 부인을 잘 돌보아준 고마움을 갚고자 중국에서 생산되는 양념 재료 수입의 길을 열어주었다. '이 중국 음식점만의 특이한 맛' 톡! 쏘는 칼칼한 매운맛에 매료된 손님들로 중국 음식점은 문전성시를 이루었다.

새로 시작한 사업이 잘되어 돈을 벌게 되었을 때 열심히 빚부터 갚아나갔다. 남의 빚은 절대로 내 것이 될 수 없다. 번 돈은 내 것이 아니라 채권자의 것이기 때문이다. 모든 사업이 손과 발을 묶고 경주하는 것처럼 힘들고 어려웠지만 "실패해도 또 도전하리라!"라는 각오로 이십여 년을 열심히 뛰다보니, 최고의 위치에 서있더라는 것이다.

그는 경영에 있어 신용을 무기로 삼았고, 건설 시공을 할 때 건축 자재의 덤핑 제품은 사지 않는다. 기분이 좋지 않고 자신의 신념에 사기가 떨어진다는 것이다. 덤핑 자재는 누군가 망해서 눈물이 스며든 물건을 의미한다. 남이 망한 것 때문에 이익을 보는 것은 좋은 일이 아니기에 그런 건축 자재를 사용하지 않는다는 것이다.

빌라를 건축할 때 생각이 났다. 화장실이 우리가 지정한 자재가 있었음에도, 덤핑 자재로 시공하여 신용을 저당 잡는 건설업자로 인해 뜯어내고 시공하는 고통을 감수해야 했다. 근로자들의 임금을 착취하는 사업자도 있지만, 반대로 임금을 받은 만큼 열심히 일하는 마음이 부족한 근로자들도 있다. 돈에 바른 대가를 가져가기 위해 노력해야 하고, 거기에는 사업자의 몫도 있는 거니까!

2

채찍보다 당근

🌙 뚝딱뚝딱,

앞 건물 참나무 바비큐 식당에서 내·외장 공사를 하고 있다. 영업이 되지 않아 업종 변경을 하려고 하나? 한 달의 시간이 지나고, 빨간 낙지 그림이 그려진 간판을 건 식당으로 바뀌었다. 통나무집에 낙지라 생뚱맞더니, 메뉴에 막걸리와 파전을 추가하니 그럴싸하다. 개업하는 날, 지인들과 점심 약속을 낙지 식당으로 정했다. 개업일인데도 식당 안은 칼칼하면서, 화~악! 혀를 달구는 낙지 요리를 먹기 위한 손님들로 가득 채워져있었고, 파전을 시키니 막걸리 한 병을 통 크게 내준다. 십여 명이 넘는 종업원들이 주문한 음식을 나르며 분주히 움직이고 있다.

계산대에 앉아있던 실장이란 남자가 뒷집에 사는 것을 알아보고, 여사장을 소개하였다. 오십 대 후반으로 보이는 화장기 없는 둥근 얼굴에 긴 머리를 틀어 올렸다. 느린 말투가 인상적이다. 세상 때가 하나도 안 묻어 보이는 모습이다. 이 정도 규모면 꽤 큰 식당으로 경영이라 볼 수 있는데, 잘 운영할 수 있을지 의문이 들었다. 그녀는 식당을 처음 시작하는 초보인데 이웃 끼리 잘 지내자고 반갑게 인사를 건넨다.

등산로 입구에 식당이 있어선지 등산 갔다 돌아온 손님들로 넘쳐났고, 기다리는 쉼 방을 급히 만들어 서너 사람이 짝을 지어 담소를 나누며 기다리는 중이다. 들어올 때 받은 번호표를 쥐고, 30분 넘게 기다려야 낙지 요리를 맛볼 수 있다. 마이크로 번호를 부르는 소리가 들린다. 어떤 손님은 맛을 잊지 못해 먼 길을 마다하지 않고 달려온다. 흘러간 옛 노래와 번호표 부르는 소리가 합을 이루어 온 동네가 장날처럼 왁자지껄하다. 식당 주차장은 차로 넘쳐 지나다니기가 힘들 지경의 대박 행진 모습이다. 뭔지 모르게 매우면서도 묘하게 입안을 유혹하는 이 맛에 중독되어 간다. 이삼일에 한 번씩 낙지 식당으로 발길이 옮겨지고, 여사장과는 허물없는 사이가 되었다.

다른 식당에서 볼 수 없는 이 특별한 맛은 어디에서 나오는 걸까? 그녀는 음식을 연습 삼아 만들어보며 메뉴, 소스 연구를 게을리하지 않는다. 특이한 맛을 내는 식당이 있으면 열 일 제쳐두고 어디든 빠짐없이 배우러 뛰어가는 열정으로 가득 채워져 있었다. 더욱 놀라게 하는 것은 유달리 일사불란하게 움직이는 종업원들이 생기 있고 밝은 표정을 지으며 손님한테 친절하게 응대하는 모습이었다. 사람을 움직이는 특별한 마법이라도 쓰는 것이냐는 농담 섞인 말에,

"다른 방법이 있는 것이 아니야! 스스로 움직이고 싶은 기분을 불러일으켜 주는 것 외엔 없는데, 그렇게 하려면 그들이 원하는 것을 베풀어주어야겠지." 웃으며 답한다.

"동생아! 종업원들하고, 통돼지 바비큐로 회식을 하는데, 놀러 올래?"

"네? 제가, 참석해도 돼요?"

"뭐, 어때! 같이 영양 보충도 하고 재밌게 지내자."

20여 명의 종업원이 한 달에 한 번 회식을 하기 위해 일찍 식당일을 끝냈다. 누렇게 구운 통돼지 바비큐를 앞에 놓고 삥 둘러앉아 여흥을 즐긴다. 그녀는 당근 방법으로 종업원끼리 서로 칭찬해주기를 통해 그달에 가장 칭찬을 많이 받은 종업원에게

선물을 주는 깜짝 이벤트를 열었다. 막걸리 주류회사에서 막걸리 1병이 팔릴 때마다 병뚜껑을 모아주면 값을 쳐주는데 한 달이면 백여만 원이 모인다. 그것을 종업원들 회식비로 지혜롭게 사용하고 있었다. 아~ 손님이 바글바글 모여드는 것은 음식 맛도 좋아야 하지만, 손님들에게 잘할 수밖에 없는 환경을 만들어 주는구나.

1년이 되면 가장 친절한 종업원을 선정하여 금 열 돈짜리 '행운의 열쇠'를 만들어주어 평생 기억하게 만드는 그들만을 위한 이벤트를 할 계획이란다. 식당을 운영하면서 가장 힘든 것이 일 좀 할 만하면 종업원이 그만두는 것이 걱정인데, 오래도록 일할 수 있는 계기를 만들어놓는 것이다. 사람은 누구나 칭찬받기를 좋아하는데 인정받고자 갈망하는 마음을 알기라도 하듯 포상이라는 당근을 써 종업원의 사기를 충족시켜 마음을 사로잡아 득 됨이 되니 식당은 날로 번창하였다. 그녀는 함께 어울리며 기뻐함으로써 종업원들과 하나가 되어가고 있었다.

그녀는 종업원의 열의를 불러일으키는 것도 영업의 능력이라고 하였다. 종업원들의 장점을 키우기 위해서 일하는 종업원에게 칭찬을 아끼지 않는다. 마음에 들지 않게 일을 해도 절대로 면박을 주고, 비난하지 않는다. 종업원들에게 맛있는 음식을 먹여 체력을 북돋아주는 것도 중요하지만, 부드러운 칭찬이야말로 새벽녘 검은 하늘에 빛나는 별빛들의 연주곡처럼 언제까지나 마음과 기억에 남게 된다. 충돌 없이 익어가는 삶이 되면서 자신이 추구하는 것을 가질 수 있는 것이라고 했다.

　2년 후, 이 지역에서 세금을 가장 많이 내는 식당이란 소문이 들려왔다. 더 성장하기 위해 넓은 바다로 나가듯, 그렇게 종업원들을 모두 데리고 식당은 자리를 옮겼다. 휴대전화가 요란하게 울린다. 청량한 웃음소리가 들리면서 "식당 가맹점 사업 같이 안 해 볼래?" "네… 에? 영업의 달인은 아무나 하나요!"

3

언어의 색채

🌙 '빨주노초파남보'

무지개의 빨강, 주황, 노랑, 초록, 파랑, 남색, 보라에는 언어의 색채가 담겨있다.

빨강은 정열적인 언어로 말에 힘이 있고 강력함을 느끼게 하는 색채이다.

주황은 근엄하며 무게감이 느껴져 황제나 왕이 쓰는 품격이 있는 언어이다.

노랑은 품격과 공평성을 느끼게 하는 중저음의 색채를 띠는 보편적인 언어이다.

초록은 봄기운이 물씬 묻어나는 상큼하고 희망을 품게 하는 싱그러운 언어의 색채이다.

파랑은 오십 대 여성의 품격과 같다. 경험을 넘어 경륜에 이르러 가정을 지키며 남편과 자녀 뒷바라지, 국가와 사회 저변 속에 숨은 공로자의 언어라 할 수 있다.

남색은 반세기 인생을 지나는 남성의 중저음 색채의 언어로 볼 수 있다. 대개의 경우 중년을 넘으면 점잖은 말씨로 변화되어 가기 때문이다.

보라는 신비스러운 색채를 띠운다. 아름다운 여성의 화사한 웃음으로 음색이 은은한 색채이다.

어린 시절의 음색은 꼬~옥 깨물어주고 싶을 만큼 사랑스러운 목소리와 표정으로 부모에게 기쁨을 가져다준다. 중·고등학교 시절에 친구들과의 대화에선 빠른 톤과 정화되지 않은 음색으로 속어나 장난을 치면서 성장한다. 하지만 대학에 가면 음이 변성되면서 언어가 성인임을 알린다. 남성은 군대에 입대하면 훈련과 교육을 받게 되면서 높은음과 함께 절도 있는 음성으로 변한다. 여성은 새가 노래하듯 상쾌하고 상냥스러우면서 부드러운 음색으로 변해간다. 노년에 접어들면 온갖 비바람과 힘들었던 노고를 이겨낸 가을 들녘 붉게 물든 석양의 색채다.

언어의 격에 따라 몸가짐도 변화한다. 말이 지나치게 저음으로 속닥이듯이 하는 말은 전달이 부족하다. 뭔가 숨기는 것이 있다는 생각이 든다. 대화 과정에 큰 톤으로 헛웃음을 내는 것은 지나치게 과장된 행동으로 자신을 높이 위장하는 언어이다. 지나치게 말이 빠른 사람은 마음속에 불안을 지닌 경우가 많다. 말이 너무 느린 사람은 자신감이 부족한 사람으로 대인관계를 피하는 경향이 있다.

말이란 중음으로 상대방 말의 톤에 적절하게 대화 속에서 함께해야만 상대를 이해하고 나의 마음을 전달할 수 있다. 부모가 자식을 부를 땐 "아들아~." 라고 중저음으로 부드러운 음성이 나온다. 화가 나서 부를 땐 "아들!" 고음과 함께 강한 톤이 나온다. 일상에서 사업(business) 상대라면 중저음과 바른 자세 눈과 눈을 적당히 마주치며 손을 공손히 하며 상대 말에 깊이 경청하는 자세가 바람직하다.

사람을 대할 때 마음으로 느끼고 입으로 표현한다. 어떤 사람은 마음과 머리는 하나가 되지만 말이 다를 수 있다. 또 어떤 사람은 말은 제대로 하되 행동이 아닐 수 있다. 생각은 머리에서 하지만 그 발원지는 가슴이다. 마음에 씨앗을 뿌려 머리에서 느끼고 언어로 표현된다.

미소도 언어이다. 항상 미소를 지으면 긴장되어 방심하는 일이 없으니 여유가 있다. 찡그린 얼굴에는 행운이 찾아오지 않는다. 나의 기분도 안 좋고 남의 감정도 상하게 한다. 화가 났을 때 억지로라도 웃으면 마음도 명랑해지고 기분도 좋아진다. 슬픈 일이 있어도 마음의 언어로 "생각을 딴 데로 돌리자."라고 나에게 말한다. 마음을 딴 데로 돌려서 그것의 나쁜 면이 아닌 좋은 면만 생각하여 애써 웃으면 스트레스에서 벗어날 수 있다.

나의 의견을 대담하게 말할 수 있어야 하고 상대방이 하는 이야기에 귀 기울일 줄 알아야 한다. 나의 의견을 주장해서 관철하기 전에 먼저 상대방의 이야기를 잘 들어보도록 해야 한다. 그리고 상대방이 속에 있는 말을 할 수 있도록 하게 하여 스펀지처럼 상대방의 지식을 흡수해서 그것을 나의 지식으로 삼는다.

경쟁자에게 관대하게 말해야 하고 항상 선의의 말로 정정당당히 이겨나가도록 노력해야 한다. 나의 의견에 반대한다고 철저히 파괴하면 많은 적을 만들게 된다. 남의 결점을 꾸짖을 때는 사람들이 없는 자리에서 해야만 한다. 여러 사람 앞에서 꾸짖으면 그 사람은 원한을 품고 앙갚음을 하려 들 수 있다.

윗사람과 충돌(trouble)이 생기면 핑계를 대거나 변명은 안 하는 것이 좋다. 억지나 무리가 있더라도 그 자리에선 일단 들어뒀다가 나중에 마음이 누그러졌을 때 차근차근 이야기하며 나의 의지를 관철한다.

상대방의 마음을 상하게 하는 말로 자존심을 건들지 말고 이치에 어긋난 말로 예의 아닌 말을 하지 말아야 하며 상대방의 입장과 마음을 배려하는 언어에 무지개 색채를 가미하여 말을 한다면 '덕'이 있는 언어가 되지 않을까?

4

양파와 포대자루

🌙 의연한 척해도 화는 강하게 골수를 뿌리째 뽑아 먹고 있다. 숨이 멎을 듯, 화가 난다. 뒷걸음치면 칠수록 답답한 감정의 열차를 같이 타고 달리면서 분노로 변해 간다. 하지만 활활 타오르는 미움의 무게를 내려놓는다.

경기도 광주에 있는 토지에 다세대주택 단지를 만들어 분양하기로 하였다. 한석기는 오랜 세월 대기업인 D 건설회사에서 근무하였고, 공사 현장의 속성을 잘 알고 있다. "콩 한 쪽이라도 반으로 나누어 먹자."라고 약속을 하였으며, 어깨동무하고 함께 가던 중이었다. 각고의 노력 끝에 허가를 받아 공사를 진행하고 있었다. 하지만 자금 부족으로 현장이 멈춘 사태가 벌어졌다.

결국은 공사가 중단되어 장기화에 돌입하게 되었다. 자금력이 있는 정 사장을 영입하여 3인이 같이 가는 길을 만들었다, 하지만 그들은 야합하여 왕따를 시키려는 검은 속내를 드러냈고, 토사구팽 위기에 놓였다. 욕심이 개똥참외를 닮아 터질 것 같다.

'어떻게 하면 좋을까!'

화가 났을 때 누구든지 빨리 불기둥이 사그라지길 원한다. 화를 내는 사람, 당하는 사람, 보는 사람 모두 후유증을 앓는다. 만병의 근원인 화는 '호환마마'보다 무섭다. 화를 낸 뒤에는 혈압이 마파람처럼 올라가고, 위에서는 소화불량이 뒤엉켜져 싸움질한다. 신진대사에도 좋지 않은 영향을 주어 온몸에 전류가 흐르듯 아무것도 할 수 없다. 피멍 자국을 내듯 온몸은 문신이 수를 놓듯 퍼져 독성이 부스럼을 일으킨다.

나는 화를 잠재우기 위해 회오리를 몰고 온 사람들을 양파와 포대자루의 연상 기법을 활용하여 마음을 바꾸어보았다. 눈을 감고서 마음을 편안히 한다. 나 자신이 양파를 넣는 포대자루라고 머릿속에서 세뇌를 시킨다. 동그랗고 탱글탱글한 양파에 미웠던 사람들의 얼굴을 한 사람씩 그려넣으며 양파 포대자루에 넣는다. 내 주변에 미워했던 모든 사람이 차례로 들어가 채워진다.

더 이상 미운 사람이 떠오르지 않을 때, 내 양파 포대자루가 가득 찼다. 그러고 나서 다시 맨 처음에 미워했던 사람을 가장 큰 양파라고 생각한다. 미운 사람들로 가득 찬 양파 포대자루에 마지막으로 가장 큰 화 덩어리의 양파를 밀어 넣는다.

억지로 밀어 넣은 순간 양파 포대자루가 터진다. 나는 양파 포대자루고, 양파 포대자루의 밑바닥에 해당하는 내 몸의 밑에 있는 아래 복부 쪽이 터졌다. 양파 포대자루 속에 있는 양파가 전부 '와르르…' 쏟아져 내린다. 화로 인해 내 마음이 치명상을 입고 크게 다치게 된다. 모습을 상상하는 순간 정신이 번쩍 들었다.

다시, 마음을 바꾸어 이번에는 양파에 미워했던 사람을 흰 꽃이 몽글몽글 모여 웃고 있는 얼굴로 상상을 한다. 웃는 얼굴의 양파를 터지지 않는 양파 포대자루에 다시 담는다. 모든 미워했던 사람의 얼굴을 방글방글 웃고 있는 얼굴로 상상하여 그리면서 포대자루 속에 가득 채워넣는다.

화를 참는 것이 아니라 이렇게 하면서 마음을 바꾸어 내 정신 세계에서 완전히 쫓아내는 것이다. 나 자신이 그 '화'라는 수렁에서 빠져나온다. 화로 뭉쳐진 덩어리를 제삼자 입장으로 돌아가 조용히 지켜보는 것이다. 미워하는 감정에 나 자신이 휘둘리지 않고 벗어날 수 있었다.

화로 뭉쳐진 덩어리를 깨보려고 정면 승부를 걸지 않고, 긍정의 마음으로 다스려 친구가 되었다.

5

만화카페, '꽃보다 남자'

🌙 15년 전. 교육·호반의 도시로 불리는 춘천시 중앙로 명동 거리. 젊은이들이 낭만과 하늘빛 희망을 품고 즐길 곳을 찾았다. 30대 중반이었던 남동생은 어릴 때부터 그림 그리기를 좋아했고, 만화책 보기를 즐겼다. 젊은이들의 기다림이 길어질 때 무료함을 달랠 수 있는 장소로 낮에는 커피숍으로 저녁에는 생맥주나 칵테일로 젊음을 분출할 수 있는 곳. 만화카페를 하고 싶어 했다. 적지 않은 나이에 운영 방법을 익히기 위해 부근 카페에서 아르바이트를 했다. 준비한 지 3개월이 됐을 때이다. 춘천 명동 거리 대로변 옆, 좁은 골목 입구 '가시나무 새'란 호프집이 지역 생활정보지에 매물로 나왔다.

장소는 합격점이지만 시장 조사를 철저히 해야 한다고 일러주었다. 동생은 친구들을 호프집에 보내보기도 하고, 저녁에 들어가는 손님 계층 연령대를 망을 보듯 조사하였다. 인근에 있는 대학교 학생과 군인이 주 손님이었고, 특히 단체 손님이 오고 있다고 했다. 한 달 정도 분석 후 결정을 내리고, 동생과 나는 임차인을 만났다. 삼십 대 여성인 호프집 주인은 영업이 잘되고 있지만, 아픈 식구가 있어 불가피하게 정리를 하게 되었다고 말한다. 가게는 수채화 그림을 품은 듯 은은한 파스텔 색조로 꾸며졌고, 푹신해 보이는 베이지색 소파, 모임을 할 수 있는 룸이 2개 있었다. 하지만 소파는 천갈이를 해야 할 정도로 낡아 있었다. 권리금을 감해달라는 부탁을 해보았지만, 전혀 통하지 않았다. 하지만 목도 좋고 만화카페를 하기에는 딱 좋은 장소라 계약을 했다.

내부 인테리어 보완 후 15일이 지나 운영을 시작하였다. 간판은 만화카페에 어울리게 그 시절 인기 있던 그림 같은 사랑을 그린 만화책 제목 '꽃보다 남자'로 바꾸었다. 군인이나 대학생 손님이 많이 오는 것을 고려해서 재미있게 볼 수 있는 만화책, 대학생을 위한 배려로 취업에 관련된 서적을 비롯한 베스트셀러 책들을 사들여 진열했다. 그리고 벽에 만화 캐릭터 그림으로 실내장식을 대신했다.

낮에는 아르바이트생을 두어 커피숍으로 운영했고, 오후 3시부터 동생이 안주를 만들고 직접 서빙을 하였다. 몇 날은 사람을 구하고 카페 일을 익히느라 정신없이 보냈고 생각보다 무척 힘들어했다. 날마다 밤이 늦어서야 집에 돌아왔고 다음 날 안줏거리 준비를 위해 새벽 일찍 일어나 시장에 가서 재료를 사와야 했기 때문이다. 처음에는 동생이 직접 만든 퓨전 요리로 단호박을 깔고 그 위에 갖가지 해물을 볶아 소스를 만들어서 뿌리고 오븐에 구워낸 안주로 내놨다. 음식 맛이 왜 이러냐는 투정을 듣기도 했고, 어제 먹은 굴 튀김 안주를 먹고 배탈이 났다고 항의하는 손님까지 있었다. 어떤 날은 손님 몇 사람이 일찍 와서 자리만 차지하고 앉아서 다른 곳에서 사 온 군것질거리를 먹으며 오래 뭉개고 있을 때는 속이 찌개 냄비 끓듯 부글부글 올라왔지만, 겉으로는 낮은 자세로 임했다.

만화카페 운영 자금을 쌓아놓고 시작한 것이 아니라 일주일 정도 유동 자금만 가지고 운영하고 있었는데 갑자기 손님이 끊길 때는 속이 타들어간다고 했다. 아르바이트생 비용과 임대료를 내고 나면 운영 수익은 겨우 동생 인건비를 가져갈 정도였다.

조금만 더 버텨보자 생각했고, 반년이 지나니 상황이 조금씩 나아지기 시작했다. 젊은 층이 좋아하는 새로운 안주를 개발하는 것에 집중하며 맛의 차별화를 통한 서비스를 제공하니 주위 카페들을 따라잡을 수 있었다.

인근 대학의 학생들이 동아리 모임이나 친목을 위한 단체 모임과 연인들이 함께 즐겁게 지내기 위하여 찾아온다. 만화카페를 운영하는 이유가 돈을 벌기 위한 것도 있지만 작은 경영이라 생각하고, 즐기며 운영해보자고 생각했다. 그렇게 마음먹고 정성을 다하니 자연스럽게 맛도 있고 친절한 장소라는 소문이 퍼졌다.

동생만의 지침서를 만들어놓고 대학생 동아리, 직장 단체 회식의 단골손님 확보에 주력했다. 손님들에게 고객 카드를 만들어 일정한 금액을 팔아줄 때마다 포인트를 적립해주고, 새로운 손님을 데려오면 포인트를 합산해주었다. 그들이 오는 날엔 좋아하는 안주나 포인트 사용한 횟수를 점검해서 서비스 안주를 제공하는 감사 행사를 시행했다. 만화카페에 들어간 모든 지출을 꼼꼼히 따졌다. 힘들어도 날마다 들어간 재료비를 메모하며 조절했더니 서류상의 이익이 수익으로 다가왔다. 2년이 지나자

요즘 말로 대박이란 말을 들을 수 있었다.

　같은 장소라도 누가 어떻게 영업하는가에 따라 성공과 실패라
는 갈림길이 다를 것이다. 많은 사람이 창업 열풍에 동참하지
만 2년이 채 못 가서 폐업률이 70% 이상 이른다는 통계를 지켜
보면서 가슴이 답답하다. 한 번의 실패에 그들은 큰 좌절을 겪
어야 하기 때문이다. 철저한 시장 조사가 창업 성공의 지름길이
아닐까.

6

이모, 손이 떨려요!

🌙 가을 녘, 찬바람이 겨울을 재촉하는 휴일 오전.

"이모, 저, 선숙이에요!"

"웬일이야? 전화를 다 하고, 무슨 일 있는 거니?"

"네, 이모하고, 의논할 일이 좀 있어서…."

"너무 급해서 그러는데, 오늘 댁으로 찾아뵙고 말씀드릴게요."

선숙이가 결혼 후 취직이 되었다며 사촌언니가 전화를 한 적이 있다. 상큼하고 발랄한 생기는 어디로 갔는지 초췌하고 야윈 모습에 나는 적잖이 당황하였다. 2년 전, 서울 양천구 신월동에 신혼 전셋집을 구하게 되었단다. 1년 계약의 월세는 집주인에게 다달이 주는 것이 부담스러워 어렵더라도 목돈을 준비하여 2년 전세 계약을 하였다. 기한이 만료되면 다시 전세금(보증금)을 돌려받을 수 있었다. 하지만 이 돈을 돌려받을 수 없는 엄청난 현실에 부딪히게 된 것이다.

계약 당시, 신축빌라 17평형을 1억 원은 전세금을 대출받고, 부부가 일부 보조해 2층을 1억5,000만 원 전세로 들어갔다. 물론 확정일자도 받아 전세권 설정까지 하였다. 전세 만기일이 다가와 집주인에게 연락하였다. 당장 전세금 빼줄 돈이 없다고 하더니, 지금은 연락이 끊어졌다고 한다.

이런 난감한 현실에 선숙이는 같은 피해자가 더 있을 것 같아 빌라 입구에 벽보를 붙여 수소문하였더니, 피해 세입자 9세대나 연락이 왔다고 한다. 선숙이는 결혼 과정에 적은 돈으로 신혼부부가 들어갈 수 있는 집은 빌라밖에 없었다고 한다. 결혼해 청약통장을 만들고 주택부금을 넣고 있었다. 빨리 돈을 모아 내 집도 장만하고, 아이도 낳고 싶었다고 한다. 집주인이 사라지면서 계약서는 휴지 조각이나 마찬가지가 되었다. 최근에는 빌라 주인 앞으로 대출이자 연체와 국세청으로부터 세금이 연체되어 독촉장이 날아오고 있었다. 빌라 주인은 전세금을 받아

챙기고는 잠적한 것이다.

　선숙이는 집을 얻을 때 받은 전세금 대출은 2년 단위로 갚아야 하는데 날짜가 다가온다며 "아~ 어떡해야 하나… 이모, 손이 떨려요!"라며 이 난관을 어떻게 수습해야 할지, 잠도 이룰 수 없다며 울먹인다. 선숙이가 가져온 서류를 검토해보았다.

　"선숙아! 요즘 빌라 값이 많이 떨어져 있는데, 시세에 가깝게 근저당권이 설정됐어. 대출금 연체 이자나 세금이 연체되면 경매가 진행될 수도 있어! 보증금을 못 받을 경우가 생길 수 있는데, 어쩌지!"

　몇 년 전부터 임대사업자 등록을 하고, 빌라·주택 수십 채를 가지고 있어도 법이 허용되었다. 하지만 금융대출 규제가 강화되면서 주택 가격이 큰 폭으로 하락하였다. 신축빌라의 경우 건축비 충당을 토지를 저당 잡혀 건축하는 예가 많다. 근저당권이 설정되어 이자가 연체되거나, 세금 체납이 과적될 때, 빌라는 강제경매에 넘어가게 되고 보증금을 돌려받지 못하는 경우가 있다.

　"이런 빌라는 반전세로 계약을 해야 했어. 전세와 비교하면 월 임대료가 연 5%로 금융 이자보다 높기는 하지만, 보증금 5,000

만 원 넣고 매월 40만 원씩 지급했다면 문제는 없었을 텐데."

만약 경매가 진행되면 연체된 세금이 선순위고, 그다음 저당권이 배당을 받는다. 서울 경우 전세금이 1억 원 이하일 경우 최우선 변제로 소액의 금액을 받을 수 있지만, 그 이상일 경우 빈손으로 집을 나와야 한다. 결국, 못 받은 보증금은 채무로 남게 되지만 빈털터리 행세를 하는 집주인에게 보증금을 돌려받기란 '하늘의 별 따기'이다.

그렇다면 선순위 근저당권이 없는 집이 가장 안전하겠지만 빌라나 다가구 주택에서 그런 집을 구하기도 쉽지가 않다. 선순위로 전세권 등기를 하면 법적으로 1순위가 된다. 전세 기한이 만료되어도 보증금을 반환받지 못할 때 직접 담보권 실행 경매를 신청하여 전세금을 돌려받을 수 있지만 보통 번거로운 것이 아니다.

"저는 전세금 대출도 1억 원 받았고, 2년이 다 되어 갚아야 하는데요. 왜 이런 시련이 닥쳤는지 모르겠어요."

나는 선숙이가 큰 슬픔으로 상처를 받아 마음의 문을 닫아걸고, 세상에 적개심을 갖게 될까 걱정이 되었다.

"선숙아! 살다보면 생각지도 못했던 억울한 일을 당할 수 있어. 이에 굴하지 말고, 이 어려움을 함께 이겨 나가자."

7

죽음 이후

🌙 한국산문 '분당반' 글쓰기 수업이 있는 날은 내 과거로의 여행을 떠나는 시간이다. 박재연 저자의 『오늘이 내 생의 마지막일지라도』 배려와 가슴의 소리를 들을 수 있는 책을 선물받고, 집으로 돌아와 한달음에 읽어 내려갔다. 나는 죽음을 어떻게 준비해야 하나? 우리는 누구나 죽음에서 벗어날 수 없다. 사람은 시간이 흐르면 육체가 퇴화하며 쇠약해지고, 마침내 소멸한다. 끝없이 이어질 것만 같은 인생의 열차에서 내려야 할 때가 오면 거부할 수도, 반항할 수 없이 받아들여야 한다.

인생에서 예기치 못한 상황이 왔을 때, 죽음을 체험하는 아슬아슬한 일이 정신, 육체에 침투되어 일어난다. 올해 봄, 남편으로부터 슬픈 소식을 전해 들었다. 뜻밖이란 말 밖에는 달리 표현할 길이 없던 일이다. 앞집에 사는 동네 후배가 어제 오후 집에 혼자 있다가 심정지로 세상을 등졌다는 비보였다. 내가 잘못 들은 것은 아닌지! 너무 놀라 가슴이 떨려왔다. 그는 오십 대 중반의 순박한 모습. 가끔 우리 집에 놀러 와 아카시아나무 아래 있는 평상에 앉아 남편은 막걸리, 그는 독특한 애주가로 소주에다 요구르트를 타서 마신다. 천여 곡의 가요가 저장된 소형 라디오를 들고 다니며 어디서나 '흥'을 즐기곤 했다.

그가 고인이 되기 이틀 전. 아침 8시쯤, 집 앞에서 만났다. 부인이 요양보호사 자격증 취득을 위하여 시험을 준비하고 있었다. 학원에 데려다주러 나왔다며 겸연쩍게 웃었다. 달달한 부부의 모습이었다. 엊그제께 보았던 사람이 갑자기 이 세상 사람이 아니라니! 도저히 믿어지지 않는다. 그는 수년 전부터 건설 현장의 부산물을 치우는 청소 대행업을 시작했다. 청소하는 사람들의 삶을 이해해야 한다면서, 부산물을 함께 치우는 등 미래를 함께 나누며 살아왔었다. 앞에 장애물이 있으면 조심하라고, 얘기해주거나 혹은 치워주는 그런 친절이 깔린 사람이었다.

죽음으로 몰고 간 연유를 그의 친구로부터 전해 들을 수 있었다. 한 달 전, 그는 인근 어머니 집 앞에 있는 땅에 공사 후 생긴 부산물을 묻어놓았는데, 그것을 목격한 사람이 땅 주인에게 이 사실을 고해바쳤다. 천여만 원의 벌금이 부과될 거라는 암시와 경찰서의 출석 통보를 받아놓고 있었다. 경찰서를 가본 일이 없던 그는 출석 통보를 받고 극심한 스트레스를 받았다고 한다. 결국, 불안한 감정을 이기지 못해 몸과 마음은 몹시 지쳐있었고, 그것이 원인이 되었다.

　마음이 유약한 사람이 갑자기 충격적인 일을 당하면 성급하게 속단해버리고, 멀리 보는 안목 없이 눈앞의 현실에만 집착한다. 앞날의 일을 혼자 예견하고, 오늘뿐인 것처럼 생각해서 심한 스트레스의 함정에 빠진다. 거기서도 침착하면 헤어날 수 있는데, 불안감에 허우적거리다 죽게 되다니…. 세상 모든 것은 시간이 흘러가면서 해결되기도 한다. 그의 죽음이 안타까운 건 인간관계에 있어 해결하지 못할 문제란 없는 것인데, 사전에 상의라도 했었으면 풀 수 있는 실마리를 찾을 수도 있었을 것이다.

　도착한 분당 서울대병원 장례식장. 천국으로 가는 환송 예배가 진행되고 있었다. 그의 웃음을 잃지 않던 환한 모습이 영정 사진에 겹쳐진다. 이제 걸쳤던 모든 것을 벗고, 빈손으로 다시 돌아올 수 없는 길을 떠나야 한다. 설령, 외로운 그 길이 그가 바라던 길이 아니었다 해도 슬픔은 남아있는 이들의 몫이다. 죽음의 그림자는 절대로 지워낼 수 없고, 거부할 수도 없는 힘으로 가슴에 허무의 찬바람을 만든다. 그를 다시 볼 수 없음에 부인이 온몸을 비틀며 통곡하는 것을 보니 나도 눈시울이 붉어졌다. 그는 이제 돌아올 수 없는 먼 곳으로 떠났다. 남은 이들은 지친 마음을 추슬러야겠지. 남아있는 사람들은 죽은 사람을 위해 공간을 아름답게 꾸며놓기도 하고, 남겨놓은 것들을 모두 태워 없애 버리는 것도 모두가 남은 사람들이 살아가려는 방법일 것이다.

　오늘 어떤 죽음 앞에서 나는 죽은 뒤의 일을 생각하게 되고, 그것은 슬픔만 가져다주는 것이 아니라 죽음을 어떻게 준비해야 하나 물음표를 가져다준다. 죽음을 언제부터 준비해야 하나? 단정적으로 말하기는 어렵겠지만, 불가항력의 거대한 힘에 의해 죽음을 맞이할 수도 있거나 사랑하는 사람들을 갑작스레 잃을 수도 있다. 나이와 관계없이 미리 대비해야 한다는 것은 현명한 일일 것이다. 머지않아 나의 생명과도 이별해야 하고, 모든 사랑하는 사람과도 헤어져야 한다. 나의 소유물이나 시간과도 작별해야 한다. 정들었던, 이 세상과도 작별해야 한다. 그렇게 운명의 시간은 서서히 다가온다. 결국, 모든 소유를 버리는 연습을 지금부터 해야 하는 건 아닌지?

　복이 스며있는 편안한 죽음이 되려면, 죽음 무렵에 고통이 없이 잠자듯 홀연히 가고 싶고, 죽음을 앞둔 노년에 가서는 불안이나 걱정이 없었으면 좋겠다. 한없이 미워하는 증오심도 없이 외롭지 않게 죽고 싶다. 내 이름 한 번 불러주는 사람 없고, 찾아오는 사람도 없이 그렇게 죽는 것은 슬픈 일일 테니까.

8

영업의 달인

🌙 '보험에 가입하라는 거구나!' 명함을 받아 든 순간 알고 있는데, 설명서까지 주면서 강조하면 더 외면하고 싶어진다. 정애경은 삼성생명에 영업직에 근무하고 있다. 나는 대중 앞에서 논리적으로 떨림 없이 말을 잘하고 싶어서 망설이다가 극복 처방으로 군포시에 있는 여성회관에서 스피치 강좌를 듣게 되었다. 그 강의실에서 그녀를 만났다. 고객을 대할 때 의사를 정확히 전달하고, 설득하기 위해 강의를 듣게 되었다고 한다.

강의는 먼저 다 같이 크게 웃으며 긴장을 풀어주며 시작한다. 말하는 사람의 심리파악이나, 앞에 나가서 말할 때 태도와 시선은 어디에 두어야 할까? 스피치의 주제를 정해주면 그 자리에서 각자 연설문을 작성하여 2인으로 팀을 만들어 연습하고, 강단에 나가서 발표한다. 특히 강조하는 것은 스피치를 할 때 떨림 처리가 가장 중요한데 이것을 어떻게 극복하느냐이다. 이 떨림은 멈추려고 하면 오히려 더 떨리게 된다.

가슴이 두근거린다. 하지만 이 자리에서 "어휴! 저는 말을 못해서." 이런저런 핑계는 통하지 않는다. 이때 문득 많은 고객을 상대하며 음식점을 운영하던 지인에게 들은 이야기가 생각났다. 앞에 앉아 있는 사람들을 의식하지 말고 "청중은 나의 가족이고, 아는 사람들이다."라고 자신에게 마술을 걸어 몰입(mind control)해 자신감을 불러일으켜 보라고 일러주었다.

급기야! 내 차례가 되어 난생처음 단상에 올라갔다. 앞에 많은 사람의 얼굴도 제대로 보이지 않는데, 그중에 한 사람을 지정해 눈을 맞춰가며 연설하라고 한다. 연설문을 보면서 눈을 맞추기가 쉽지 않았다. '나도 잘 할 수 있을 거야!'라는 긍정적인 암시로 자신 있게 배에 힘을 주니, 어느 정도 불안감이 줄어들었다. 내가 연설할 내용에서 중요 포인트가 되는 단어를 순서로 만들어볼 수 있도록 놓아두었다. 다리가 후들거렸고, 내가 무슨 말을 했는지 모르겠다. 시계추 돌아가듯 반복에, 반복 학습이 3개월쯤 되니 변화의 바람이 불기 시작했다.

 어느 날 정애경에게서 연락이 왔다. 옷가게를 하는 곳에 들러 보험 상품을 권유하는데, 보험보다는 땅을 좀 사고 싶다는 말을 전해준다. 군포에서 제법 큰 옷가게로 검은 바탕에 흰색 노블(noble)이라는 간판에 인테리어는 온통 검은색을 섞어 모양을 낸 것이 특이하였다. 옷가게 주인 황 사장은 큰 키에 싹싹하고, 귀여운 얼굴이지만 세련되게 치장을 하였다. 놀라운 것은 옷을 사러 오면 빈손으로 나가는 사람이 없을 정도로 능수능란한 영업의 달인이었다. 황 사장이 땅은 사고 싶은데, 오래 가지고 싶지는 않단다. 빠른 회전을 원하고 있어, 그럼 소유권 이전을 하지 말고 매매에 의한 처분금지 가처분을 해놓았다가 파는 것을 얘기했다. 관심 있는 것 같이 말은 하지만, 표정은 관심이 없어 보였다. 나는 옷가게 노블을 지인이나 친구의 만남의 장소로 이용하면서 황 사장의 영업 비결도 엿볼 수가 있었다.

 정애경이 옷가게 주인 황 사장이 전화를 안 받고, 며칠째 옷가게 문이 잠겨있다고 한다. 걱정스러운 마음에 옷가게에 달려가 봤다. 하얀 얼굴은 초췌하고, 야윈 모습이다. 바닥에 우두커니 앉아 술잔을 기울이고 있었다. 남편이 대학 강사였는데 갑자기 심장마비가 와 영원한 이별을 했다고 한다. 사랑하는 사람과 이별하고 고통에 몸부림치는 모습을 보니 눈시울이 붉어졌다. 황 사장은 매일 울며 지낸다. 옷가게는 술병이 가득 쌓여가고, 옷을 사러 온 사람들은 맘에 드는 옷이 없어 그냥 돌아간다. 팔 옷들을 구매하러 새벽에 남대문 시장을 갈 때는 같이 가주고, 힘들어할 때는 대신 옷 파는 것도 도와주다가 친구 사이가 되었다. 황 사장이 화사하게 웃으며 말한다. "땅 좀 사놓고 싶은데, 어디 좋은 땅 좀 있나요?"

스피치 강좌가 종강하고 나서도, 한 달에 한 번씩 모임을 하면서 스피치 연습은 계속된다. 나는 정애경에게 물었다. "좋은 보험 상품 있어요?"

제4장

오지 사람들의
소환!

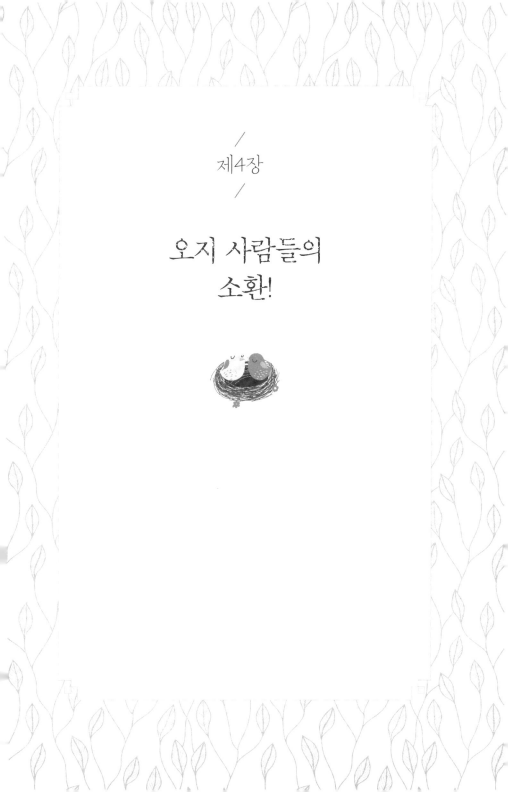

1

위… 잉… 윙…

🌙 3백 년 전. 영장산의 마을 물방아골에 살던 이무기가 훼방꾼에 의해 승천을 못 하여 마을에는 불운이 닥쳤다. 물방아골에 살던 원주민들은 이무기 위령제를 지내주면서 액운을 풀었고, 매년 음력 9월 3일이면 마을 전통 풍습으로 산치성의 산신제를 지내고 있다. 한여름 장대비가 칼날처럼 지붕을 사정없이 두들긴다. 세찬 빗줄기를 보니 몇 년 전 있었던 일이 생각난다.

위… 잉… 윙…

날카로운 금속성 굉음이 마치 산을 집어삼킬 듯이 메아리가 되어 울린다. 겨우내 아침나절이면 들리곤 하였다. 옆 식당에서 휴게실 화목 난로를 피울 때 쓰려고, 나무를 자르는 소리인가? 엔진 톱 소리 같기도 하다. 미운 놈 울음소리 듣는 것처럼 귀에 거슬린다. 집 뒤 야산에서 점점 더 가까이 들려오는 소리를 따라 올라가보니, 남자 둘이 무언가에 열중하고 있었다. 한 사람은 엔진 톱으로 나무를 통째로 베고 있었다. '우시직' 요란한 소리를 내며 나무는 허공을 가르며 '쿵' 하고 옆으로 쓰러졌다. 깜짝 놀라서 잘린 밑동을 보니 수십 년 동안 땅의 양분과 물을 끌어들인 듯 나이테가 선명히 새겨져있었다. 또 한 사람은 나무를 자른 후 통째로 눕혀서 껍질을 벗기고 있었다. 왜 이렇게 함부로 나무를 자르는 건지, 분노가 치밀어 올랐다.

"누구신데 산에 와서 나무를 자르는 거죠?"
"옆 식당에서 일하는 사람인데, 사장님이 나무를 자르라고 했어요."
내가 잘못 들은 건가? 순간 내 귀를 의심했다.
"나무를 마구 자르면, 형사 처분 대상이 될 수 있어요!"
"나무를 베어 오라고, 사장님이 시켜서 자른 거예요."
겁에 질려 있는 모습이다.

옆 식당 사장에게 전화를 했다. "왜, 불법으로 나무를 베는지요? 훼손된 산의 나무는 원상 복구해줘야 해요." 전혀 모르는 일이라고 냉정히 말한 후 전화를 끊었다. 의심스러워 장화를 신고, 야산으로 올라가보았다. 커다란 나무를 잘라내어 밑동만 남아있다. 폐허가 된 야산의 모습. 몸뚱어리가 잘려나간 나무들이 흉물스럽게 널브러져 있었다. 죽은 짐승의 뼈가 흩어져있는 모습의 바싹 마른 나뭇가지. 사람들에게는 나무에 불과할지 모르지만, 생물에게는 생존과 직결될 수도 있을 텐데. 긴 세월 산과 함께하며 이 나무들을 삶의 터전으로 삼았던 생물은 그 터전을 잃었다. 생물의 친구가 되었던 나무들. 태풍과 장마 때는 아름드리나무가 버팀목이 되어 마을을 보호해주고 있는데, 베어내면 물이 흙과 같이 떠밀려와 주택을 덮치는 산사태가 일어날 수 있다. 밑동이 잘린 나무를 세어보니, 삼십 그루나 되었다. 나무가 잘린 현장을 전부 휴대전화에 담았다. 옆 식당에 슬쩍 가서 보니 통나무를 잘라 만든 탁자나 의자가 있었다.

다음 날 분당구청 민원실에 가서, 영장산 밑에 사는 주민인데 나무가 수십 그루 불법으로 훼손되었다. 우천 시에는 산사태 위험이 걱정되어 이렇게 민원을 제기하게 되었다고 했다. 민원 신청서에 현장에서 찍은 사진을 첨부하여 민원을 접수하였다. 한 달이 지나도 민원 신청에 따른 회신이 없었다. 산림관리팀에 어

떻게 처리되었냐고 연락했다. 차일피일 미루더니 현장을 방문하
겠다는 연락이 왔다. 오전 9시, 산림관리팀 주무관과 팀장이 나
무가 훼손된 현장을 방문하였다. 주무관은 "별일 아니네요! 오히
려 개발할 때 나무가 없으면, 더 좋은 거 아닌가요?"라고 했다.
황당하여 "나무를 삼십여 그루나 잘랐는데, 별일이 아닌가요?
장마 때 산사태라도 나면 주무관님이 책임질 건가요?" "어? 그런
뜻은 아니고…" 주무관의 '저, 수상한 태도는 뭐지?' 의아했다.

이십 일쯤 지나 '이매동 임야 내 수목 벌채' 사건으로 수사를
개시하였다고, 연락이 왔다. 민원인을 참고인으로 먼저 조사한
다고 출석 요구서가 발부되었다. 참고인으로 조사까지 받아야
하고, 왜 이런 두려운 일을 겪어야 하는지…. 산림관리팀 주무
관 질문에, 2시간에 거쳐 당시 현장의 모습, 베어진 나무의 굵
기, 몇 그루 훼손되었나? 등의 진술을 하였다. "나무가 없는 텅
빈 풍경의 민둥산이 될 뻔했어요!" 정의로운 수사를 주문했다.
주무관은 옆 식당 사장을 조사한 후 수사 마무리에 최선의 노
력을 다짐하였다.

민원인에게 행정 조치 결과를 알려주어야 할 의무가 있음에도
구렁이 담 넘어가듯 아무런 '민원 답변'이 없다. 민원 처리가 잘

진행되고 있는지 전화를 해보면 주무관은 "아직, 조사 진행 중이에요!"라며 친절하게 대답해준다. 그 후 이매동에 사는 주민에게 전해 들은 말이다. "나무 한 그루만 벤 것으로 조사를 끝내고, 종결했데요." 수고스럽더라도 용기를 내봤지만, 무법천지가 되어 정의는 찾아볼 수 없는 건가!

2

적과의 동침

☾ 한나절이 지났을 때, 흙먼지를 일으키며 지나던 자동차가 분양사무소 앞에 멈췄다. 긴 생머리를 하고 꽃무늬 원피스를 입은 이십 대 중반으로 보이는 예쁜 아가씨가 분양사무소 안으로 들어왔다. 하얗고, 갸름한 얼굴. 화사한 복사꽃의 모습이다. 분양사무소 옆, 등나무 아래 앉아 면접을 했다. 이벤트 에이전시, 카드 회사에 근무해서인지 명랑하고, 쾌활해 보였다. 오전 10시에 출근해서 오후 6시 퇴근. 임금은 월 이백만 원으로 정했다. 임신 계획이 있어 임신이 되면 그만두기로 하고, 일단은 3개월 정도 근무하기로 했다.

성격이 싹싹하고 붙임성이 좋아 우리 부부와는 가족처럼 지냈다. 남편은 양딸로 삼을 만큼 예뻐했고, 아빠라고 부를 만큼 좋은 관계로 잘 지내왔다. 빌라 공사 내부 골조는 마무리가 되었으나, 감리 때 하자가 발생하여 내부 벽을 헐어야 하는 문제가 발생하였다. 그즈음 여직원은 임신이 되어 일주일에 한 번 분양사무소에 놀이 삼아 나왔다. 우리 부부는 같이 만나 식사도 하고, 여행도 하며 시간을 보냈다. 공사는 중지된 채 시간이 꽤 흘러갔다. 지체되는 시간이 길어지자 여직원과 그녀의 남편은 건설사와 긴밀한 관계를 유지, 배신 행위로 우리의 일거수일투족을 사이가 나빠진 건설사에 전해주었다. 이후 우리 부부는 이 사실을 알게 되면서 여직원과의 관계가 급격히 나빠지기 시작했다.

어느 날 고용노동청 근로감독관으로부터 한 통의 전화를 받았다. 여직원은 임금이 체불되었다고 고발장을 접수했다. 믿어지지 않았다. 형사 건이라는데… 공포감에 휩싸였다. 각오를 단단히 하고, 증거 자료를 준비했다. 그때는 여직원이 임신 중이었고, 공사가 중단된 자료를 제출하였다. 근로감독관은 임금 체불이 없다는 것을 인정하더니, 갑자기 태도를 바꾸었다. 서로 주장이 다르다고 대질을 해야 한다고 출석을 요구하였다. 조사 중, 여직원은 말끝마다 "이 여자가…"라면서 막말을 쏟아내었나. 서짓말을 만들어 둘러대는 두 얼굴의 모습. '그동안 내가 적과 동

침을 했구나!'

여직원은 조사를 받다 말이 막히면, 밑에 와 기다리고 있는 그녀의 남편에게 전화를 걸어 묻곤 하여도 근로감독관은 제지하지 않는다. 나는 여직원(진정인) 2명과 조사받는 기분이었다. 여직원은 휴대전화로 일상생활 때 주고받은 문자메시지를 캡쳐하여 증거 자료라고 제출, 건설사, 공사관계자들에게 근무하였다는 사실 확인서를 받아 제출하였다. 자식같이 보듬고 경영 수업, 지식을 물려준다던 남편은 호랑이 새끼를 키울 뻔했다.

며칠이 지나 근로감독관은 나만 더, 조사할 것이 있다고 오후 4시까지 노동청으로 출석을 요구했다. 질문한 것을 묻고, 또 묻고 시간을 질질 늘인다. 근로감독관은 저녁 식사를 하고 온다고 나가더니 1시간이나 지나서 나타났다. 오후 9시가 넘어 모든 조사가 끝났다. 근로감독관은 진술한 내용을 확인해보라고 신문조서를 건네주었다. 꼼꼼히 손가락으로 일일이 줄을 그어가며 체크를 하다보니, 출석하지 않은 여직원의 진술이 유리하게 바뀌어, 내 진술 밑에 슬쩍 끼워져있었다.

나는 "여기! 여직원이 출석, 진술한 것으로 되어 있네요!" 보여주니, 이에 당황한 근로감독관은 "아! 그래요. 내가 착각을 했나, 삭제하고 다시 복사해줄게요." 한다. '아~ 짜고 치는 고스톱을 하고 있구나!' 나는 사실과 다른 내용엔 두 줄을 긋고 '한자 삭제'라고 써가며 수정하였다. 지장을 찍을 때까지 경계심을 늦추지 않았고, 그날로 조사는 완전히 종결됐다. 집으로 돌아오는 길. 긴 시간을 끌면서 봐주기식 수사를 하는 근로감독관의 행태에 살이 부르르 떨렸고, '어떻게 경종을 울려야 할까?' 고심하였다.

다음 날 근로감독관에게 전화했다. 조사 때 여직원이 참석한 것으로 허위 조작한 것, 시간을 끌어 봐주기식 편파 수사를 전부 녹음해놨다. 고용노동청에 근로감독관의 부당한 조사 행위에 대한 진정서를 제출할 것이다. 뜨거운 선물을 받고 싶지 않으면 알아서 행동하라고 경고하였다. 근로감독관은 어떻게 녹음을 할 수 있느냐고 따지듯 다그쳤다.

이후 집에 도착한 검찰청 통지서에는 "불기소 이유를 아래와 같이 통지합니다. 혐의 없음."이라고 입장이 뒤바뀌었다. 억울한 심정을 '무고죄'로 고소를 해야 하나? 아니면 '오죽하면 그랬을까?' 용서해야 하니.

3

법정의 웃음, 울음

🌙 억울한 일을 당해 재판을 하고 법정
에 서는 것은 나와 무관하다고 생각하고 살아왔다. 여느 날과
다름없이 해야 할 일을 집에서 정리하고 있을 때였다. '딩동!' 초
인종 소리에 나가보니 집배원 아저씨가 '흰 사각봉투'의 법원 등
기를 전해준다. 무슨 일이지? 가슴이 철렁하였지만 애써 태연한
척 서명하고 개봉을 하였다. 오정화라는 사람이 '대여금' 사건으
로 소송을 제기한 것이다. 지인 부탁으로 통장으로 돈을 받아
전해주었을 뿐인데, 내게 빌려주었다고 한다.

오정화는 제소 신청을 하여 가압류 결정문을 받아 건물을 짓
고 있는 토지에 가압류를 설정하였다. 그 원인으로 소송을 시

작한 것이다. 도와주려다 졸지에 채무자가 되었다. 나의 통장으로 입금된 것을 빌미로 나에게 돈을 달라고 소송을 시작하였다. 오정화가 청구한 금액은 천만 원 이하 소액이었다. 변호사 선임 비용을 알아보니 3백만 원가량 요구하였다. 한마디로 '배보다 배꼽'이 더 큰 경우이다. 직접 나가 변론하기로 마음먹었다. 법정에 서본 경험이 없어 걱정이 쌓여갔다.

소장을 보니 민사 소송 절차에 따라 "소장을 송달받은 날부터 30일 이내에 답변서를 제출해야 하고 답변서를 제출하지 않으면 판결 선고 기일이 지정된다."라고 쓰여있었다. 전·후 사정을 파악하기 위해 오정화가 보낸 소장을 공부하듯 읽고 또 읽으며 방법을 찾아보았다. 대여금이 아니라는 것에 대한 증거를 찾아야만 했다. 오정화가 건물을 짓기 위한 공사비로 빌렸다는 주장에 대한 반박 자료가 필요했다. 기억을 더듬어보니, 돈이 입금된 이후 건물을 짓기 시작했던 생각이 떠올랐다. 증거가 될 서류가 있는지 꼼꼼히 찾아보았다. 사업자등록증과 착공신고 자료가 보관되어 있었다. 입증 서류로 답변서를 만들어 법원에 제출하였다. 1달 정도 지나 법정에 출석하여 변론하라는 날짜가 정해졌다. 일주일 전부터 신경이 곤두서있어 일이 손에 잡히지 않았다. 걱정되어 잠을 이룰 수가 없었다. 하지만 그 누구도 의지할 수 없이 오롯이 내가 감수해야 하는 일이었다.

법정에 들어서니 재판장은 한 분이 앉아 있었고, 법정은 숨이 막힐 듯이 조용하다. 사람들의 얼굴은 침울하거나 무표정하다. 점점 순서가 다가오면 올수록 가슴에서 홍두깨 소리가 들린다. 드디어 내 사건 번호가 불리고 나는 팅겨나가듯 피고석에 앉았다. 먼저 쟁점 확인으로 원고 오정화에게 "언제 돈을 보냈는가?" 사용 용도를 질문하고 나는 그에 답변으로 통장만 사용하였을 뿐 빌린 돈이 아니며, 원고가 빌려주었다는 날짜와 건물을 처음 짓고 있을 때는 1년의 격차(gap)가 생긴다는 것을 주장하였다.

소액 사건이라 2번의 변론 기일에 주장 및 증거 정리를 하고 더 증빙 서류가 있느냐는 재판장의 물음에 쌍방이 "없습니다." 답변하니 1달 이후로 판결 선고가 정해졌다. 선고일 법정에 출석하였고, 오전 10시부터 선고가 시작되었다. 재판장이 사건 번호와 승·기각을 빠른 목소리로 나열한다. 가슴이 쿵! 쿵! 뛴다. 나의 사건 번호를 부르고 "원고의 청구를 기각한다!"라고 선고를 했다.

판결의 결과를 듣는 순간 나는 뛸 듯이 기뻤지만, 상대방을 보니 '굳은 얼굴'이다. 나는 그동안 고통받은 것을 생각하면 억울했지만, 누명을 벗었다는 것을 기쁘게 받아들였다. 나도 모르게 사건에 휘말려 '나 홀로 소송'을 하였다. 재판에서의 승·패는 누가 입증을 잘하느냐에 달렸나 보다. 판사는 현장에 있었던 것이 아니기에 그 입증 자료와 원·피고들이 제출한 준비 서면을 보고 판단하기 때문이겠지.

법정의 풍경을 보니 어떤 이는 흥분하여 상대방 청구의 분석은 하지 않고 내 입장만 거품처럼 주장하고 있다. 상대가 원고일 경우 신청한 '청구 취지'로 "이렇게 판결해주세요."에 맞게 재판장은 판결을 내릴 수밖에 없는데 자신의 억울함만 잔뜩 늘어놓아 봐야 거들떠보지도 않는다. 청구 취지에 맞게 반박 자료를 준비하고 정 불리하면 재빠르게 합의하자고 조정을 신청하여 어느 정도 주고 종결하는 것이 바람직해보이지만, 송사에 걸려들게 되면 '브레이크 없는 자동차'처럼 멈추기가 힘들다.

4

양심에 난 뿔

🌙 '무슨 냄새지?'

야산 밑, 야트막한 담을 까치발을 하고 들여다보고 싶은 주택
이다. 주위는 오랜 세월 정겹게 살아온 풍경이다. 마당에 나가보
니 더운 바람에 실려 퀴퀴한 냄새가 동네를 덮고 있다. 도대체
어디서 나는 냄새인지 따라 올라가보았다. 나무로 가리어져있
는 음습해 보이는 곳에 이상한 물건들이 버려져있었다. 처참한
환경에 아찔한 현기증을 느꼈다. 발에 무언가 딱딱한 것이 채였
다. 대형 수족관과 음식 찌꺼기, 음식을 담았던 상자들이 잔뜩
쌓여있었다.

생선 썩는 악취가 진동했고, 파리 떼가 들끓고 있었다. 들고

양이 세 마리가 검은 비닐봉지를 갈가리 찢어놓고 음식 찌꺼기를 파헤치고 있다. 상한 음식물을 먹고 병이라도 걸리면 어떡하지? 걱정스러운 마음에 쫓으려고, 나뭇가지로 위협을 했다. 들고양이들은 노려보더니 날카로운 발톱을 드러내며 달려들 기세다. 와락 치미는 분노를 누르고 야산을 내려왔다. 음식 쓰레기와 폐기물은 작은 트럭 한 차 분량으로 보였다. 흉물스러운 폐기물 방치도 문제지만 각종 냄새에 파리 떼와 들고양이들이 우글거리고 있어, 나도 나지만 동네 사람들의 건강에 위협이 될 수 있었다.

양심을 버린 사람을 찾기 위해 집에 달린 CCTV에 찍힌 영상을 돌려보았다. 새벽 1시쯤 남자 두 사람이 야산으로 쓰레기 더미를 옮기고 있었다. 희미하게 보여 얼굴을 알아볼 수 없었다. 번거롭더라도 이 일은 묵과할 수 없었다. 집 밖을 나가 살펴보았다. 횟집을 운영하던 식당이 장사가 안돼 임대도 못 놓고 철수를 한 것이다. 아무리 힘들어도 사람이 양심이 있어야지 이것은 아니다 싶었다.

횟집 건물주가 3층에 살고 있었다. 문을 두드리니 연세 느신 할머니가 나오셨다. 1층에서 횟집을 하던 분이 음식 찌꺼기와 폐기물을 야산에 버리고 갔다. 악취로 인하여 고통을 받고 있다고 말씀드렸다. 횟집 주인에 관하여 자세한 내막을 들을 수 있었다. 정년퇴직하고 시작한 음식점이었다. 오직 음식만 잘 만들면 손님이 알아서 찾아오는 식당을 만들겠다는 각오로 횟집을 시작했다. 개업 때에는 장사가 잘 되었단다. 불볕더위로 손님의 발길이 뚝 끊겼다고 했다. 직원들 급여도 밀려 노동청에 고발까지 당하고 음식 재료 살 돈마저도 없었다고 한다. 할머니께서는 임대료도 많이 밀려 야반도주하듯 짐을 옮기고 사라졌다고 흥분하여 말씀하신다. "아무리 어렵고 힘들어도 양심을 속이는 행동을 해서는 안 되지요." 내 머릿속에 해결 방법이 떠올랐다. "혹시, 그분 주소라도 알 수 있을까요?" 할머니는 잠깐만 기다려보라고 하더니 횟집 주인 주소를 알려주었다.

다음 날, 구청 민원실로 갔다. 횟집이 문을 닫으면서 사용하였던 대형 수족관과 음식물 쓰레기가 야산에 잔뜩 쌓여있다고 했다. 버려진 음식물 쓰레기로 들고양이들이 몰려들어 고통을 받고 있다. 주민들의 피해가 염려된다는 내용으로 횟집 주인의 주소를 적고 빠른 시른 시일 내에 조처하여 줄 것을 기재하여 민원을 접수했다. 구청 도시미관과에서는 2주 이내에 처리하고 나서 결과를 통보하겠다고 친절하게 설명해주었다.

오후 외출했다 돌아와보니 쓰레기 더미가 말끔히 치워져있었다. 옆 빌라에 사는 아주머니가 말한다. 트럭에 여러 사람이 타고 와서 쓰레기 더미를 가져갔다고 한다. 1주일 정도 지나 구청에서는 야산의 무단 투기 쓰레기에 대하여 행정 지도 조치하였으며 지속적인 순찰로 쾌적한 환경을 조성토록 노력하겠다. 미비한 점이 있으면 도시미관과 청소행정팀에 연락달라는 친절한 답변을 해주었다.

'딩동' 초인종이 울린다. 동네 사는 아주머니가 예고도 없이 찾아왔다. 음료수를 사 들고 와서는 자신도 악취 때문에 골머리를 앓고 있었지만 어떻게 조처를 해야 할지 몰라 참고 있었다며 감사를 표한다.

야산에 올라가봤다. 쓰레기 더미는 말끔히 치워져있었고, 그 자리에 흰 들고양이가 웅크리고 앉아 있다.

5

작고 좁은 공간

🌙 "빨리, 문 좀 열어주세요!"

욕실 안에서 문이 잠겨 열리지 않는다. 손잡이를 잡고 여러 번 흔들어 당겨 보았지만 요지부동이다. 다급한 목소리로 열쇠를 찾아 문을 열라고 하였다. 열리지도, 손잡이를 뜯어낼 수도 없었다. 칠십 년의 세월을 그대로 간직한 고목의 나이테를 가진 주택. 집 안 구석구석 바람 잘 날 없는 잔고장을 달고 산다. 좁은 욕실에서 쭈그리고 앉아 문 열리기만을 노심초사 기다리고 있는데, 숨이 가빠오고, 답답함이 느껴진다.

오래전 엘리베이터 안에 갇혀 공포에 떨었던 악몽의 기억이 폭풍처럼 한꺼번에 스쳐 지나갔다. 잠원동 한신아파트, 제일 높은 층에 살고 있을 때 일이다. 한여름, 저녁 7시경이었다. 1층에서 엘리베이터를 중학생 여자아이와 같이 탔다. 서서히 올라가더니 갑자기 '덜커덩' 소리를 내면서 7층에서 멈췄다. 순간 놀라 열림 버튼을 눌렀지만, 문은 열리지 않았다. "어! 무슨 일이지? 엘리베이터가 고장 난 걸까?" 당황하여 엘리베이터 안에 있는 '비상 호출' 버튼을 눌렀다. 토요일 저녁이라서 그런가? 발신음은 계속 가는데 아무도 받는 사람이 없었다. 몇십 번 비상 버튼을 누르니, 마침내 경비원의 목소리가 들렸다.

"엘리베이터가 7층에서 멈춰 갇혀있어요. 문 좀 열어주세요!"
"안에 몇 명이나 있나요?"
"학생하고, 저, 두 명이 있어요."
"토요일이라 수리가 언제쯤 될지 모르겠지만, 연락해볼 테니깐 기다리세요."
"후… 숨이 막힐 것 같고, 무서워요. 빨리, 구해주세요!"

시간이 지날수록 공포감이 밀려온다. 학생도, 점점 얼굴이 하얗게 변해가더니 땀을 비 오듯 흘리고 있었다. '위급한 상황이다!' 이대로 가다간 학생이 정신을 잃을지도 모른다. 더 큰 사고가 나면 어떻게 하지. 수리 업체가 도착할 때까지 기다리는 것

밖엔 아무것도 할 수 없었다. 공포의 시간은 20분⋯ 30분⋯ 흘러간다. 경비실에 연락을 계속해보았지만, 들려오는 대답은 "기다리세요!"라는 것뿐. '작고 좁은 공간' 숨이 막혀온다. 순간 번갯불 섬광처럼 번쩍, 섬뜩한 생각이 들었다. 층과 층 사이 엘리베이터가 멈춰있다가 도르래 로프가 끊어져 추락이라도 한다면 '내 삶이 여기서 끝나, 이대로 죽는 것은 아닌지.' 불길한 생각이 머릿속에 가득 차올랐다. 호흡을 가다듬고 학생에게 말했다. "학생! 엘리베이터가 추락할지도 모르니, 함께 손잡이를 단단히 잡고, 몸에 힘을 빼고, 머리를 손으로 감싸며 바닥에 엎드려 있도록 하자!"

엎드려 있으려니, 기억의 창고에서 올망졸망 크고 작은 감자 알갱이가 뽑혀나오듯, 지난 시절 살아왔던 기억들이 줄줄이 딸려 올라왔다. 내 나이에 맞게 화려하지도 않고, 궁색하지도 않은 삶을 살아왔다. 우리 가족이 살던 집은 밝고 따스했다. 햇살이 오후 늦게까지 머무는 집이었다. 화사한 색감의 그림들로 우리의 주거 공간을 장식해놓았다. 밝은 햇살이 드는 안락한 거실, 소파에 앉아 커피를 마시며, 벽에 걸린 그림을 바라보던 기억들. '그런 게 행복이었지! 빨리, 집으로 가고 싶다.' 꼭, 빠져나가야 한다는 일념으로 두 손 모아 기도하며, 희망의 끈을 놓지 않았다. 인내하고, 기다리면 엘리베이터 문이 열리겠지. 꽤 긴 시간이 지났을 때, 수리 업체가 도착한 소리를 들었다. 드디어 문이 조심스레 열렸다. 온몸은 땀으로 범벅이 되어 있었고, 소금에 절여져 숨이 죽은 배추처럼, 기운이 쭉 빠진 모습으로 빠져나왔다. 경비원은 너무도 태연하게 별일 아니라는 듯 무심히 말한다. "요즘 부쩍 고장이 잘 나네요! 점검해봐야겠어요." 구경꾼의 모습이다. 누구에게 책임을 물어야 하나?

내 인생에 예기치 못했던 경험. 작고 좁은 공간에 있게 되면 가슴이 두근두근….

6

달빛 소나타

🌙 오래전에 TV에서 방영된 코미디 프로그램에 '달빛 소나타'라는 밤도둑 이야기가 있었다. 밤만 되면 남편은 남의 집 담장을 넘는다. 아내는 담장 밖에서 망을 보며 이야기를 주고받다 팔푼이 같은 행동에 매번 실패하고 만다는 내용이다. 그맘때쯤 생긴 일이다. 낮엔 들짐승처럼 숨어있다 밤이 되면 사냥을 시작하는 밤도둑에게 당했던 일.

늦은 밤, 집에 도착하여 현관문을 열려는 순간 손잡이가 뚝 떨어졌다. 불길한 예감이 덜컥 들었다. 급히 들어가 거실의 불을 켜니 집에서 신던 신발 한 짝이 화장실 앞에 떨어져있어 꺼림칙했다. '이상하다. 무슨 일이 일어난 걸까!' 안방 문을 여는 순간 '으아악… 이게 무슨 일이야? 도둑이 왔다 갔구나!' 현기증이 일면서 몸을 움직일 수 없었다.

서랍장과 화장대에 들어있던 옷과 물건은 바닥에 어지럽게 흩어져 있었다. 안방 화장실 천장에 붙어있는 환풍기까지 뜯어내 시커멓게 속을 드러내고 있었다. 화장대 위에 있는 패물함은 텅 비어있었다. 나갈 때 카드 1개만 들고 나갔었는데, 지갑은 보이지 않았다. 작은방에 들어가보니 은행에서 통장 개설할 때 받은 자료도 없어졌다. 돈 되는 건 모두 탈탈 털렸다. 경찰서에 연락해 지문 채취를 하였지만, 지문은 나오지 않았다. 다치지 않은 것만도 다행이라고 주위에서 위로한다.

이십 일쯤 지났을까! 근처 은행 CCTV에 범인 얼굴이 찍혔다고 경찰서에서 확인 요청 연락이 왔다. 젊은 남자가 챙 달린 모자를 푹 눌러 쓰고, 검은색 티셔츠를 입고, 돈을 찾는 범인의 앞, 옆모습이 선명히 찍혀있었다. '아~ 확인하지 말걸!' 모자 쓴 남자만 봐도 소스라치게 놀라며 가슴이 두근거린다.

몇 날이 지나 범인이 잡혔다고 경찰서에서 연락이 왔다. 남편은(나중에 안 사실이지만) 내가 충격을 받을까 봐 걱정되어 경찰서에 혼자 다녀왔다고 한다. 이십 대 초반으로 3명이 한 조가 되어 한 달을 예의주시하며, 매일 같은 시간에 우리 집 초인종을 눌렀다. 매번 올 때마다 비어 있어, 사전에 범행을 계획했다. 용접기를 사용하여 손잡이를 절단하고 들어왔다. 2명은 망을 보고 1명이 집안을 이 잡듯이 뒤졌다. 훔친 돈은 유흥가를 돌며 전부 탕진하였다.

범인의 어머니는 생계를 위하여 조그만 분식집을 운영하고 있었는데, 음식 배달을 하다가 범인의 아버지는 교통사고를 당하여 장애인이 되었다. 아들을 홀로 키웠고, 식당에서 궂은일을 하며 살아가고 있었다. 나쁜 친구들을 만나 병든 무처럼 바람이 들었다. 범죄를 저질렀지만, 한 번만 용서해달라고, 범인의 어머니가 울면서 애원을 했다. 그녀의 아들은 희망이라고는 찾아볼 수 없는 포기한 인생을 살다가 죄를 저질렀다고 눈물을 흘리며 용서를 구했다.

도둑이라도 할 말이 있다고 했던가! 남의 것을 빼앗아 방탕한 생활로 온통 거짓부리로 살면서, 불행한 삶을 무기 삼아 선처를 호소하고 있다. 거기서 진실을 찾을 수 있을까? 상황에 따라 카멜레온처럼 변한다. 그들은 오직 과거를 반복할 뿐이다. 새롭게 일어날 것이 없다. 감성이 없는 기계적인 인간들이다. 쇠창살을 끊어내듯, 다시는 도둑의 길을 걸을 수 없게 해야 하지! 용서라니… 참으로 어처구니가 없었다.

나는 당시 참으로 무서운 공포에 떨어야 했었다. 잠을 잘 수도, 일할 수도 없을 정도로 무서운 느낌이 아닌, 무서운 통증이 엄습해왔다. 어지간한 충격에도 꿈쩍하지 않는데 나도 모르게 몸 밖으로 눈물을 흘려보냈다.

외출 준비 중, 노이로제 증상이 암 덩어리처럼 몸에 붙어 산다. 주문을 외우듯 소리를 내 중얼거린다. '창문 잠갔고, 가스 밸브는? 현관문은! 잘 잠겼나.' 다시, 문을 따고 들어가 확인을 한다.

7

모래성의 말로

🌙 희대의 사기꾼으로 불렸던 주수도, 조희팔 사건은 대한민국 국민이라면 그 시대 신문 지면과 방송을 통해 잘 알고 있는 인물이다. 2조 원대 다단계 사기 사건으로 35만여 명의 피해자가 발생한 다단계의 왕으로 불리던 일명 낙원동 주 선생의 배후로부터 나의 지인 이숙희도 환차익 금융 다단계에 빠져 패가망신을 당했다.

그녀는 봉천동에 있는 꽤 큰 규모의 H교회에서 선교사로 활동하며 지적이면서도 수려한 외모를 지녔다. 2007년경 금융 네트워크 회사에 입사했는데 환차익에 투자하면 수입이 짭짤하다면서 한 달 투자 금액 8%의 수익이 보장된다는 말로 투자를 권유하였다.

 미심쩍어 알아보니 대표이사는 30대 초반으로 미국 영주권자로 입국했고, 미국에서 금융업에 근무했다고 했으나 사실이 아니었다. 그 무렵 이 회사가 워커힐 호텔에서 창립 세미나를 개최하여 가보았다. 교회 총회장 목사님이 연단에서 축사를 하고 있었다. 교단 총회장 목사님이 투자를 유도한다면 수많은 교인의 투자로 이어질 것이라 그 피해는 막대함이 불 보듯 했다. 그녀에 의하여 H교회에 많은 금액의 헌금이 들어왔다는 소문이 돌았다.

 교인 수십 명이 투자했고, 투자 유치를 잘하자 단숨에 다단계 회사의 전무이사로 승진이 되었다. 1년 정도 지났을 무렵, 자신이 살고 있던 한남동 주택이 강제 경매가 진행되고 있다면서 근심을 싸안고 찾아왔다. 그녀는 모집한 투자자로부터 다단계 회사에 8억 원을 투자시켰다. 월 이율 8% 중 5%는 투자자 몫이고 3%는 그녀가 받는 조건이었다. 투자금이 회수 불능이 되면 책임을 진다는 명목으로 백지에 도장을 찍고 인감증명서를 첨부해주었다고 한다.

 하지만 투자자와 다단계 회사와의 약속대로 입금이 안 되었다. 투자자는 백지에 그녀에게 돈을 빌려주었다고 가필을 하여 소송을 하였고, 승소 판결 후 한남동 주택의 경매를 진행하였다. 13억 원에 낙찰되었으나 이자까지 합산 청구를 하여 한 푼도 건지지 못하고 수십억 원의 주택은 날아갔다. 더욱이 도장만 찍어준 백지에 포괄 근저당 담보로 가필되어 있어 분당에 있던 30평의 오피스텔까지 넘어가고 말았다.

그녀는 부유하게 살다가 다단계 회사의 유혹에 발을 잘못 들여놔 하루아침에 빈털터리 신세로 전락하고 말았다. 매월 8% 수익이면 12개월 현금 대비 96%의 수익으로 1년이면 원금이 회수된다는 엄청난 수익 구도라 생각한 것이다. 사업이란 투자 대비 수익 창출 구조를 확인하면 답(答)이 보인다. 환차익이란 달러를 낮은 가격일 때 매입했다가 가격이 오를 때 되팔아 얻는 수익이다.

매월 8%씩 내리고 오르지 않는다. 달러, 엔화, 유로화에 대한 기본적인 지식만 있어도 알 수 있었다. 다단계의 위험이 보이지만 내 욕심이 몰락을 부른 것이다. 그녀는 어려움 속에서 일어서려고 안간힘을 다 해 살아가고 있지만 무너지기는 쉬워도 다시 일어나기는 '낙타가 바늘구멍 통과하기'만큼 어렵다.

8

네트워크 마케팅의 병폐

🌙 다이렉트 마케팅과 같은 맥락인 다단계 판매 산업은 일반적인 단계적 유통 경로인 생산자에서 도매상을 걸쳐 소매상을 통해 소비자에게 판매되는 단계적인 경로를 거치는 것이 아니다. 생산자에서 바로 소비자에게 물건을 판매하는 방식으로 고대 이집트 피라미드 모양의 건축물 형태로 위에서 아래로 퍼져가는 모습이다. 다단계 판매나 피라미드 영업 또는 네트워크 마케팅의 여러 가지 형태로 이 땅에 '화려한 독버섯'처럼 많은 사람을 유혹하고 있다.

보상이라는 마스터플랜을 만들어놓고 각가지 수당 종류를 만들어 초기에 사업한 리더 사업자에게 수당이 몰려있다. 보상 계획을 자주 변경하면서 "이 사업은 사업자들에게 더 많은 이익과 수당을 주기 위해서 끊임없이 개발하고 노력하고 있다."라고 당당한 전술의 베이스로 무장을 한다.

젊은 청년들과 대학생들에게 불법 다단계업자들은 검은 유혹의 손을 뻗치고 있다. 지방에서 상경한 대학생을 아르바이트 알선이나 사회 경험이 부족한 젊은 남·여를 가리지 않는다. 고수익을 보장한다거나 취업 알선으로 유혹하여 다단계의 판매 사원으로 입사를 유도한다. 대부업체에서 대출을 받을 수 있게끔 해준다. 다단계 제품 가운데 고가의 물품을 구매하게 만들어 판매가 되지 않으면 책임을 전가하여 이를 볼모로 강제 합숙까지 시키면서 탈퇴를 못 하게 위협한다.

지인들을 유인하게끔 교육해 또 다른 피해자가 계속 양산되는 불법을 자행하고 있다. 수법도 다양해져 각양각색의 다단계가 판을 치고 있다. 그중에 몇 해 전 선불폰이라고 유명 휴대전화 회사로 속인 다단계가 성행했었다. 선불폰 비용을 먼저 내고 밑으로 회원을 모아주면 이 회원들이 선불폰을 매입할 때마다 수익금을 가져가는 형식의 다단계였다.

피라미드는 물건을 사는 사람만 있기에 계속 물건을 사지만 돈을 벌지 못하고 다단계에서는 판매자로 필요한 물건만 사면서 돈을 벌 수 있는 차이가 있다. 다단계의 피해가 매우 극심한 곳은 가정주부들을 대상으로 한다. 전혀 개발할 수 없는 넓은 토지를 다단계 사업자는 헐값으로 매입하여 개발 호재가 있다고 유혹해 땅을 매입하면 몇 배의 수익금을 받을 수 있다고 투자할 사람을 모집한다. 회사를 호화스럽게 꾸며놓고 나이 관계없이 주부들의 직원 채용 모집 광고를 하여 주부들을 통해서 다단계 방식으로 투자자를 모은다.

기획부동산의 다단계 사업자들은 자연보호지역으로 멸종 위기에 있는 식물 서식지나 개발 허가가 완전히 불가능한 땅을 개발할 수 있는 땅으로 둔갑시킨다. 도면으로만 쪼개기 방식으로 설계를 하여 수 명 또는 수십 명의 공유자 지분으로의 등기를 한다. 공유자 지분 등기로 수명에서 수십 명 등기가 되었을 때는 단독으로 개발할 수도 없고 개발하려면 공유자들과 합의가 되어 같이 개발해야 하는데 합의점에 이르기가 매우 힘들다.

특히 다단계 사업자들이 가장 많이 쓰는 수법은 살 땅 주변이 앞으로 유명한 브랜드의 아파트가 건축될 계획이다. 그러면

땅값은 몇 년 안에 크게 오를 것이라는 말로 믿게 하여 신용이 미달할 때는 다른 사람과 공동 담보권자로 무리하게 대출을 받게 하여 매입하지만, 개발할 수 없게 되었을 때는 위험 부담이 매우 크다. 소유권 이전이 되고 나서 이후에 아파트가 들어오는 계획이 무산되거나 개발이 진행되다 중단되어도 그 피해는 다단계 사업자에게 책임을 돌릴 수 없고 고스란히 당한 피해자의 몫이다.

왜 다단계에 의한 피해는 계속되는 걸까? 우리 주변에서 다단계 사기 피해를 보는 사례를 흔히 볼 수 있다. 사기 행위를 저지르는 사람이야말로 나쁜 사람이 아닐 수 없다. 그렇다면 다단계 피해를 본 사람은 착해서만 피해를 보는가? 한번쯤 깊이 생각해보게 된다. 지나친 과욕과 노력하지 않고 쉽게 돈을 벌려는 '한탕주의'로 남을 이용하여 돈만 벌면 된다는 이기주의 나쁜 마음들이 씨를 뿌린 것이다.

9

지면(地面)이 요동칠 때

🌙 지진이 발생하면 땅이 흔들려 갈라지고 건물이 무너진다. 하지만 경험을 하지 않으면 그 위험한 상황을 제대로 알고 처치하기는 어렵다. 우리나라는 지반이 대개 암반층으로 되어 있어 안전하다는 평을 받아왔는데 이제는 점점 지진이 자주 발생한다. 지면이 흔들리면서 예고 없이 발생하기 때문에 큰 피해를 줄 수 있다.

실제 이십여 년 전 춘천 소양 2교 건너 주택에서 오후쯤 일어난 일이다. 친정어머니와 방에 앉아있는데 집이 흔들렸다. 깜짝 놀라 "어머니! 지금 집이 흔들린 거 맞죠?" 어머니도 흔들림을 느꼈고, 집 밖으로 뛰쳐나왔다. 집이 무너질 수 있다는 공포감의 무서움에 가슴이 쿵쾅거렸던 기억이 있다. 이런 경험이 있어서인지 지진에 관하여 관심이 커졌다. 지진이 나서 건물이 흔들릴 때 '어떻게 해야 할까?'를 늘 생각한다.

지진이 발생했을 때 그 피해는 상상외로 심각하다. 몇 해 전 J대학원 동문과 도쿄 부근으로 건물의 건축 과정 공부를 위한 견학을 다녀온 적이 있다. 나리타 공항에 도착 후 일이다. 2011년 초 후쿠시마 쓰나미 이후 원전 사태로 일본은 모든 전기를 절약하고 있었다. 전등의 밝기가 어슴푸레하고 침침하게 보이는 공항 안의 모습에 놀라움을 감추지 못했다. 예전 방문했었을 때와는 다르게 절반 정도의 전등을 소등하여 전기를 절약하고 있었다.

더욱 놀라운 것은 먹거리 음식의 변화였다. 방사능 물질이 소량이라도 몸에 축적되면 해로워서인지 생선회는 거의 찾아볼 수 없었다. 세슘의 농도를 측정하는 것이 생활화되어 있었다. 아침 식사의 경우 육류를 주재료로 하여 만들어졌고, 점심은 육류로 이루어진 샤부샤부에 저녁은 고기 뷔페였다. 삼시 세끼가 모두 다국적 수입 고기로 바뀌어있었다.

반면 모든 건축물은 지진이 일어났을 때 흔들리는 것을 받아낼 수 있도록 유연하게 건축되었고, 지진이 나면 저층은 약하게 건물이 흔들리게 건축되어 있었다. 고층으로 가면 흔들림 정도를 강하게 하여 내진 기술을 적용한 것을 직접 확인할 수 있었다. 건물을 새로 지을 때도 많은 시간을 들여 철저하게 대비하고 있었다. 주택을 매입할 때도 콘크리트와 목조 건물에 따라 건축 자재와 건축 연도 내진 설계를 직접 확인할 수 있었다.

우리나라의 건축 공법은 철근 콘크리트에 시멘트를 부어서 만든 건물이다. 요즘 건축한 건물은 지진이 일어났을 때 진동을 견딜 수 있도록 내진 설계를 의무화하였다. 건물 내부의 가로축을 튼튼하게 하는 내진 설계로 건축되어야 준공을 받을 수 있다. 진도 6도 정도에는 내구성을 가지고 있다. 하지만 몇십 년 된 건물은 6도 이상의 지진이 오면 무너질 수도 있다.

일본은 각 지방에서는 지역별로 지반의 강도에 대해서나 화재로 인하여 사망할 수 있는 위험도를 자세히 지역 주민에게 정보로 제공하고 있다. 우리나라도 긴급한 상황이 발생했을 때 사람들에게 어떻게 알리고 대피시켜야 하는지 지진 대비 대책이 필요하다. 훈련과 장비를 체계적으로 갖추어 대피 안내 구조물 같은 것을 준비해야 한다.

　일반인들에게도 방재 훈련에 관한 기초 지식을 습관처럼 알리고, 대중매체를 통하여 모의실험 형태로 인지시켜야 한다. 특히 학교와 같은 곳은 아이들이 많이 모여 있는 건축물에서는 필수적으로 이루어져야 한다. 우리나라는 오래전에 지어진 학교들이 많이 있어 지진으로부터 안전한 공간이 될 수 있도록 대비하여야 한다.

　재해가 일어나면 어떻게 해야 할지 알고 있지만 통제할 수 없는 미래의 재해에 대해서는 평소에 사람들은 걱정하지 않는다. 자연재해의 준비는 그곳에 사는 사람들의 몫이다.

제5장

떠들썩했던 추억
가슴에 담고

1

무갑 산장 콘서트

🌙 이십 년 전, 화성에서 관광단지를 조성하는 사업을 하고 있을 때다. 40대로 보이는 호남형 얼굴에 깔끔한 감색 정장을 입고, 홍씨 성을 가진 남자가 조합사무소로 들어섰다. 이곳에서 넓은 땅을 매입하여 허가를 받고 공장을 지어 분양하는 회사에 근무한다. 관광단지에 관심이 있어 찾아오게 되었다고 소개를 하였다. 이후 사업의 협조자이면서 지인으로 지내오고 있다. 그는 광주 초월읍 무갑리에 황무지나 다름없던 곳을 쉼터로 사용하기 위해 꿈을 담아 만들었고, 산장지기가 되어 계절이 바뀔 때마다 국악과 클래식이 어우러진 콘서트를 하고 있다.

울퉁불퉁 좁은 길, 조심조심 십여 분 지나니 무갑산 등산로 입구에 도착했다. 갑옷을 두른 모양을 한 무갑산이 병풍처럼 둘러쳐져 있다. 산과 바위, 나무, 꽃들은 한 울타리의 식구처럼 조화를 이루고 있다. 돌로 쌓아진 담장 안에는 벽돌로 지어진 건물이 서있다. 오솔길을 따라 걸어가니 작은 별채가 있다. 옆 계곡에는 하얀 물줄기가 떨어지면서 물보라를 일으킨다. 별채 안에는 달 항아리 모양의 도자기가 아름다운 자태를 뽐내고 있으며, 다도를 즐길 수 있도록 꾸며져 있다. 커다란 창 너머로 이끼 낀 돌들로 싸인 연못에는 비단잉어가 한가롭게 떼 지어 놀고 있다.

주말 이른 저녁 사람들이 징검다리를 건너듯, 그림같이 단란한 가족 또는 친구들과 삼삼오오 짝을 지어 음악이 있는 산장으로 들어섰다. 첫 만남이지만 경계를 허물고, 눈길이 마주칠 때면 잔잔한 미소로 인사를 한다. 음악이 꽃으로 피어나는 황홀한 때를 상상하면서 설레는 모습들이다. 6시쯤, 사랑채는 옛 모습 그대로 꾸며져있었고, 서너 명씩 옹기종기 모여 앉았다. 곤드레나물을 넣어 고슬고슬하게 지어진 밥, 텃밭에서 자란 채소들로 만들어진 소담스러운 상차림. 정감 있는 담소로 동심의 해맑은 얼굴이 된다.

연주 장소는 본채 2층, 넓게 앉을 수 있는 자리로 꾸며져있다. 커다란 창문에는 크림 상아색 레이스 커튼, 십장생을 수놓아 만든 병풍. 새카만 그랜드 피아노가 햇볕을 고스란히 받는 자리에 놓여있고, 잿빛 방석들이 가지런히 방바닥에 놓여있었다. 은은한 불빛의 조명으로 편안함에 젖어 든다. 산장 콘서트를 즐기기 위해 오십여 명은 눈과 귀를 열어놓고 꽃처럼 피어날 선율을 기다리고 있다. 7시경 국악을 하는 남성이 앞으로 나와 사회를 보았다. 국악과 클래식을 다 같이 즐길 수 있는 시간이 되길 바란다면서 곧, 연주하게 될 음악에 대하여 세세히 설명을 해주었다.

첫 번째 연주는 「수제천」 그 옛날 궁중의 반주 음악으로 삼국시대부터 임금이나 왕세자가 거동할 때, 수명이 하늘처럼 영원하기를 기원하는 곡이 연주되었다. 아쟁, 가야금, 피아노, 콘트라베이스로 일제히 소리를 내기 시작했다. 연주자들은 눈빛으로 교감을 하며 장중한 가락의 소리를 낸다.

두 번째, '진양조장단'으로 판소리 장단 중에 가장 느린 장단이었다. 느슨하며 서정적인 연주로 이어지다 끓어오르는 듯한 연주로 이어져 감성을 자극한다. 코끝에서 시큰함이 느껴졌다. 이런 흥분과 감동은 어디서 오는 걸까!

세 번째, 콘트라베이스로 하는 연주다. 바이올린을 크게 한 것과 같은 모양의 악기가 아름다운 선율로 「아리랑」을 연주한다. 평소 알고 있던 노래 연주를 들으니 낯선 곳에서 아는 사람을 만난 것처럼 반가웠다. 모두 함께 따라 불렀다. 간결하면서도 마음을 움직여주는 우리의 노래에 담긴 한 섞인 가락. 사랑에 버림받고, 한 맺힌 어느 여인의 슬픔이 고스란히 전해졌다.

네 번째 대금, 중금과 함께 신라 삼죽에 속하는 소금이라는 악기로 연주하는 「모닝」은 깨끗하고 맑은 소리다. 아침에 눈을 떴을 때 아침 햇살이 나를 비추고 있는 듯, 감미로우면서도 리드미컬한 연주였다.

음악과 숲이 더해진 한여름 밤의 음악 파티. 연주와 자연을 즐기는 우리들의 모습. 무갑 산장 안으로 초대된 우리 오십여 명은 차와 음악을 즐기면서 일상의 현실에서 벗어나 투명한 마음으로 정화되어간다.

2

우여곡절 끝에 다시 찾은 땅덩이

🌙 동방 호수는 화성시 중심 지역의 이십여만 평 연꽃 군락지이다. 7월 중순에서 8월 즈음엔 개화한 홍연으로 덮이는 것이 장관이며 수초낚시로도 유명한 곳이다. 호수에 접해있던 토지가 2007년에 경매되었다가 우여곡절을 겪고, 다시 찾은 가슴 태우던 땅이다. 쾌적한 환경에 온천이 있어 전원주택에 거주하며 건강도 함께 얻어가는 구상으로 매입하게 된 토지이다. 3인이 공유 지분으로 가지고 있었다.

화성에서 남편이 중개법인을 동업으로 운영하고 있을 때이다. 운영 자금으로 지인으로부터 몇천만 원 차입하였고, 나의 토지 지분에 근저당권 담보를 설정하였다. 원금 상환과 이자가 연체

되자 채권 회수 절차를 진행하였다. 그 당시 나는 부동산 용어조차 모르는 초보자였다. 지인은 차용증을 가지고 재판을 하여 확정 판결을 받아 경매를 진행하였고, 조금만 기다려달라고 선처를 부탁했지만 거절하였다.

　나중에 알게 되었는데, 나의 토지 위로 만여 평 도로 없는 맹지가 있었다. 이 토지주는 경매 진행 토지로부터 도로에 대한 토지사용 승낙을 받든지 매입해야 집을 지을 수 있었다. 채권자인 지인이 이 사실을 알고 경매를 서둘러 진행한 것이었다.

　해결 방법을 모색해야 했다. 부동산을 잘 아는 명숙 언니와 현재 상황을 의논하였다.

　"무조건 낙찰받아! 호수 앞에 둘레길도 생긴다는 소문이 있어. 나중에 허가받아 건물을 지을 수 있는 좋은 땅이야! 지금은 남편과 사무소 사람들 모르게 경매를 받아놓았다가, 사무소가 잘 돌아가면, 그때 말해서 개발하면 되잖아."

　"저는 당사자라 경매를 받을 수 없잖아요."

　"지금은 모르게 해야 하니까! 괜찮으면 내 친구를 대리인 세워, 경매를 받아놓았다가, 이전해가면 되지."

　"그 친구를 믿을 수 있을까요?"

"대나무 같은 친구야! 걱정 안 해도 돼."

나는 명숙 언니 친구를 대리인으로 1억 원 넘는 돈을 투입해 낙찰받고, 소유권 이전을 하였다.

1년 후, 명숙언니 친구는 명의신탁을 들먹이며, 빨리 명의를 옮겨가지 않으면, 이전해줄 수 없다고 욕심을 드러냈다. 나는 가뭄에 논바닥 타들어 갈 때를 바라보는 농부 심정이 되었다. 지급된 매각 대금 외 비용은 이십 대부터 화장품 관계 일을 하며 모았던 쌈짓돈이다. 잘못하면 땅을 뺏길 수도 있다는 생각이 들었다. 나는 모든 사실을 남편에게 말하고, 서둘러 소유권 이전을 해왔다.

다시! 토지를 찾게 되자, 전원주택을 지어 민박업으로 활용할 수 있는 펜션에 매력을 느끼게 되었다. 궁금한 생각이 들어 소개해놓은 펜션을 살펴보았다. 주 5일제 근무를 시행하면서 삶은 자신만의 개성 있는 여행을 즐기려는 사람들이 많아졌고, 어디에 묵느냐는 가장 큰 즐거움이 되고 있었다. 하룻밤을 그냥 잠만 자는 것이 아니라 낭만이 함께하는 매력적인 펜션에서 즐길 거리를 찾고 있었다. 남편에게 다시 찾은 땅에 펜션 사업을 해보는 것이 어떻겠느냐고 물었다.

"좋지! 연꽃으로 덮여있는 호수에서 낚시도 하고, 힐링하기에는 더 없이 좋은 곳이야! 예전엔 콘도를 좋아했는데, 요즘은 펜션을 더 좋아해!"

3

친구의 힐링주택

🌙 오대산은 산세가 웅장하고 수려하며 비로봉을 중심으로 다섯 개의 봉우리가 연꽃잎 모양을 하고 있다. 2005년 8월 무렵, 친구 향희는 홍천군 내면 명개리에 주말, 도시를 떠나 머무는 집을 짓기 위하여 여러 군데 발품을 팔며 집터를 알아보았다. 마음이 편안해지고, 동남향의 겨울에는 태양 빛이 많고, 여름엔 적은 이곳으로 정했다. 해바라기와 도라지꽃이 눈부신 색채로 향기를 뿜어낸다. 계곡의 바닥은 바윗돌로 깔려있어 딱딱한 돌을 디디는 감촉에 매료되었고, 무리를 이룬 전나무 숲은 어머니 품처럼 아늑하다.

오대산 밑자락, 넓은 땅을 가지고 있던 땅 주인은 도로를 가운데로 만들어 귀촌이나 힐링을 원하는 23명에게 토지를 나누어 팔았다. 그는 아무 문제없이 땅을 산 사람들의 도로 사용을 인정했었고, 자연스럽게 오랫동안 공동으로 사용하고 있었다. 문제가 발생한 것은 향희네가 집을 지으면서 일어났다. 가로등이나 하수관로, 전봇대를 설치하는 것은 마을에서 공동으로 군청에 민원을 신청하여 무료로 설치할 수 있었다. 문제는 도로였다. 땅 주인은 팔 때 당연히 도로도 나누어 넘겨주어야 했음에도, 도로를 차지하고 앉아서, 도로 사용료를 받겠다고 욕심을 드러냈다.

십여 년이 지났는데 땅을 산 23명에게 소송을 걸어왔다. 그들은 단결하여 공동으로 변호사를 선임하여 대처하였다. 재판 결과, 땅 주인은 토지를 팔기 위하여 도로를 만들었고, 나누어 팔았기 때문에 도로에 대한 사용료를 청구할 수 없다고, 재판부는 23명의 편을 들어주었다. 땅을 계약할 때 도로에 대해서는 영구적 사용을 특약사항에 명시했거나, 도로 지분도 같이 나누어 매입했으면 소송을 당하지 않았을 텐데. 승소는 했지만, 2년여 동안 고통의 시간을 보내야만 했다. 이후 향희네는 계획대로 건강과 여가를 즐길 수 있는 숲속에 주택을 지었다.

8월 초 우리 친구들은 피서 겸 놀이 삼아 명개리 힐링주택에서 모임을 계획했다. 자동차로 물이 넘실대는 하천을 지나 구불구불한 도로를 달려 도착했다. 향희는 화가 밀레의 그림 「이삭 줍는 여인들」처럼, 머리에 두건을 쓰고, 앞치마를 한 시골 아낙의 모습으로 예쁘게 꾸며져있는 유럽풍 목조주택에서 우리를 반겼다. 살찐 텃밭에는 방울토마토가 주렁주렁 달렸고, 갖가지 채소들이 야무지게 가꾸어져있었다. 눈에 보이는 것들은 전부 예술의 풍경이었다.

이때 어디선가 요란한 포클레인 기계음이 들려왔다. 집 위를 쳐다보니 험상궂게 생긴 60대로 보이는 남성이 우리를 쳐다보고 있었다. 한 달 전 이 마을로 새로 이사를 온 사람이란다. 조립식 주택을 갖다 놓고 식당을 하려고 공사를 하고 있었다. 그는 계곡으로 들어가는 입구 쪽에 펜스로 울타리를 쳐놓았다. 향희는 펜스 친 울타리가 보기 싫어 나무를 심어 가리고 있다며 고통을 호소했다.

보통의 경우 내 집의 경계를 확실히 한다고 펜스로 울타리를 치지만, 시골에서는 비어있는 터나 논두렁길, 남의 땅에 있는 길도 자연스럽게 다 같이 사용하고 있다. 집에 드나드는 길이나 밭으로 연결된 길이 자신의 땅이라고 경계에다 펜스를 치면, 이 길, 저 길로도 다닐 수 없어 오도 가도 못하는 상황이 일어날 수도 있다. 말로만 듣던 이웃 간의 갈등이다. "친구야! 시골에 살다 보면 새로운 사람들과의 관계가 맺어질 수밖에 없어. 서로 시골 생활에 도움을 줄 수 있는 인연인데, 수양하듯이 갈등도 잘 이겨내는 지혜가 필요할 때야." 향희는 고개를 끄덕이며, 우리를 잘 가꾸어진 잔디밭이 있는 정원으로 안내했다.

비스듬히 누운 소나무 아래서 바비큐와 텃밭에서 자란 싱싱한 채소를 곁들여 얼마나 맛있게 먹었던지. 도란도란 재미난 이야기가 엮어지면서, 멋진 추억이 만들어진다. 참으로 오랜만의 여유. 1층 거실의 넓은 창으로 천연의 자연 숲길과 맑게 흐르는 계곡이 시야에 들어온다. 2층으로 올라가니 모던하고 내추럴한 느낌이다. 천장 가득히 쏟아지는 눈이 부신 햇살과 푸른 하늘, 문을 열고 탁 트인 마을과 산을 향해 "야~호!" 하고 크게 소리 질러보고 싶은 충동을 느끼게 한다.

넓디넓은 쉼터 모습을 한 주택. 시골 생활이 집안보다 밖에서 움직일 때가 많고, 집 관리하기가 만만치 않았을 텐데. "친구야! 너는, 이 힐링주택에서 꿈을 짓고, 건강을 지키고 있구나?"

4

추억으로 채워진 미술관

☾ 무더위가 절정인 여름. 울진 백암온천 인근의 향암미술관에 한·중 미술 교류 30주년 특별 기획전 초대를 받아 가는 길. 격렬한 세월을 고스란히 견뎌낸 구릉진 산이 눈에 익은 풍경으로 마을을 휘감고 있다. 내를 이루며 흐르는 물은 우와~ 하고 감탄사를 연발하게 한다. 한낮 고추잠자리의 날렵한 몸짓에 가벼워진 마음이 하늘을 날기도 한다. 백암로엔 활짝 핀 배롱나무 꽃길이 우아한 예술의 거리를 그려내고 있다.

푸른빛 동해의 자연과 신비로움으로 덧칠을 한 작품이 있는 미술관은 묵묵히 자신의 존재를 지켜온 금강송에 둘러싸여 있다. 이정표를 따라 언덕을 올라가면 정겨운 미술관이 모습을 드러낸다. 미술관 입구는 꽃 모양 아치의 아기자기한 장식과 축하 화환이 길게 줄지어 서있다. 손을 대지 않은 자연 그대로의 야외 조각공원과 황백색 목화꽃을 닮은 아늑한 휴게실. 제1, 2 전시실은 조선시대 작품이 전시되어 있다. 별관으로 제3 전시실은 한지 위에 먹과 색을 입힌 한국화와 유명 작가의 작품이 전시되어 있다. 제4 전시실은 국내·외 곳곳의 산지에서 수집한 희귀한 수석, 화석이 깨어지고, 군살들이 깎여서 가장 맑은 살과 뼈대가 작품으로 승화되어 우뚝 서있다.

'오가는 길에 잠시 들러 차 한잔 마시며, 예술의 향기에 젖어들 수 있는 고향 같은 곳이네!'

휴가철 꽉 막힌 도로를 뚫고 내려온 터라 뼛속까지 녹초가 되어 있었다. 오후 4시쯤 미술관 앞, 100여 명의 관람객을 맞이하기 위해 의자가 놓여있다. 출품한 중국 작가들 40여 명은 긴 여행의 고단함도 잊은 채 무언가를 기대하며 즐겁게 이야기를 나누는 모습이다. 이윽고 한·중 화가 초대전 시작을 알리며 간소한 식이 거행되었다.

첫 순서, 옛 여인의 미를 갖춘 오십 대로 보이는 판소리 명창 두 사람의 폭팔적이면서 애잔한 음성이 「춘향전- 사랑가」에 이어 「흥부가- 박타령」을 익살스럽게 불러 행사장은 웃음바다가 되었다. 판소리로도 이렇게 다양하게 삶의 소박함을 감정에 담아 화폭에 붓질로 표현하듯 자연스러운 색채의 목소리를 낼 수 있구나! 몸속의 피로가 쑥~ 빠져나가는 듯이 상쾌함이 느껴졌다. 세포 구석구석 붙어있던 찌꺼기가 하나씩 씻겨지듯 사라져 갔다. 전율을 느끼면서 좋은 기분으로 판소리에 빨려 들어간다.

　다음 순서로 미술관 관장이 중국과 국내외 초대 작가 소개와 축사가 이어졌다. 한·중 미술 교류학회 회장이 즉석에서 먹을 갈아 한지에 붓으로 글을 쓰는 이벤트가 열렸다. 관객들은 일제히 앞으로 나아가 학회장 주위를 에워쌌다. 붓을 잡은 그는 전쟁터에 나가는 용사와 같이 비장한 표정을 하고는 붓으로 춤을 추듯 '예술은 바다와 같아서 끝이 없다'라는 뜻의 한자 '藝海無涯(예해무애)'를 거침없이 써 내려갔다. 관람객들이 홀린 듯, 이 진귀한 광경을 숨죽이고, 바라보며 황홀함에 흠뻑 젖어든다.

　작가들은 뼈를 깎아내고, 피를 말리는 고통을 예술로 승화시켜 작품을 만들어내었다. 무진한 산고를 치러낸 그들의 모습에서 '와, 해냈다!'라는 기쁨이 넘쳐 보였다. 그들은 얼굴에 환한 미소를 머금고, 감동을 함께 나누려는 모습이 담겨있었다. 이 그림의 탄생을 위해 쉬지 않고 경주하듯 달렸을 것이고, 굳세게 헤쳐나 와 마침내 여기에 도달했다고 생각하니 가슴이 뜨거워 졌을 것이다.

작가들의 그림은 시각 예술의 참맛이 되어 내 마음속으로 곧장 날아든다. 그리고 정신을 완전히 바꿔버렸다. 마치, 어린 시절로 돌아가 철부지 적 어머니 품속에 안겨 있는 것 같은 기분에 빠진다. 등줄기를 타고 찌르르한 기운이 확 올라오는 느낌이다.

5

천의 얼굴 넌, 예술

🌙 새들의 지저귐에 눈을 뜬 싱그러운 아침. 작품 세계의 아름다움과 내면의 즐거움을 얻기 위해 향암 미술관으로 향했다. 미술관 뜨락에는 조각 작품이 시간을 뛰어넘어 세련된 색채와 우아한 문양이 빛바래지 않고, 인고의 세월을 견디며 새 숨을 불어넣는다. 자연에서 들려오는 유쾌한 멜로디. 백일홍 꽃 무리가 미술관의 울타리가 되어 붉게 피어있고, 새벽에 뿌렸던 빗 자락의 이슬을 머금어서인지 더욱 파란 잔디와 어우러져있다. 일상의 척박한 환경을 뒤로하고 메마른 정서를 촉촉이 적셔줄 전시회를 관람하기 전 기대감이 기분을 들뜨게 했다.

제1 전시실부터 관람하였다. 우리나라 60여 명 작가의 작품이 전시되어 있었다. 생활 주변의 일상적인 삶의 과정에서 자연스럽게 접하는 경관이나, 먹을 사용한 미점 또는 먹과 청록색을 혼합한 채묵미점으로 울창한 숲의 이미지로 리듬감을 주는 작품이다. 눈에 띄는 것은 서예 작품 '대도무문(大道無門) 천차유로(千差有路)' 큰 길에 들어서는 문은 없으나, 천 갈래 길이 어디로도 통한다. '투득차관(透得此關) 건곤독보(乾坤獨步)' 빗장을 뚫고 갈 수만 있다면 천지를 홀로 걸을 수 있으리. 작가의 뜻하는 의미는 모르겠지만, '큰 고난과 역경이 다가와도 어디에나 길은 있고, 풀 수 있는 실마리를 찾을 수 있다'라고 해석해보았다.

유독 관심이 간 십장생을 표현한 그림을 감상하다보니 문득 10여 년 전, 한 쌍의 학이 한가로이 노니는 모습을 담은 작품을 지인에게 선물을 받은 기억이 떠올랐다. 북한을 방문했을 때 받았던 '서영애'란 유명 화가의 작품으로 실제 학의 하얀 깃털을 화폭에 붙여서 만든 작품이었다. 날개를 활짝 펼치고, 금방이라도 화폭에서 튀어나와 훨훨 날아갈 것만 같았다. 아버지의 고향이 북한의 함경남도 원산이다. 언제가 될지 모르지만, 고향에 가실 날을 꿈꾸고 계신다. "아버지! 북한에 있는 학의 깃털을 붙여서 만든 작품이래요. 고향이 그리울 때 보면 한결 위안이 될 거에요." 거실 벽에 걸려있는 한 쌍의 학은 아버지의 고향이 되어주었다.

옆 전시실로 옮겨 중국 작가들이 그린 그림들을 감상했다. 작품은 심오한 자연의 기운을 표현한 산천 경관이나 아이의 얼굴, 서화나 부처가 그려진 수십 점의 작품이 전시되어 있었다. 어린 아이의 천진스럽고, 해맑은 모습의 작품을 대하니, 어렸을 적 기억이 천연색의 그리움으로 다가온다.

관음보살상이 그려진 불화를 보니 아련한 옛 그림에 대한 추억이 떠올려진다. 이전 회사에 고문으로 있던 분이 젊은 시절 기업체 임원을 지도하던 때였다. 사찰의 큰스님으로부터 관음보살상이 그려진 그림을 선물받았다. 사무실 이전 준비로 3층에 올라가보니, 액자가 사무실 밖에 쌓여있었다. 그중 관음보살상의 그림이 한눈에 들어왔다. "고문님! 이, 그림 저, 주시면 안 될까요?" 흔쾌히 "맘에 들면 가져가세요." 허락한다. 가만히 들여다보니 붓으로 금강경 한자를 깨알같이 써 관음보살상을 그려낸 작품이었다.

옛적 큰 스님은 이 그림을 3년 세월을 수행하듯 써서 완성했다고 전한다. 힘든 일이 있을 때 이 그림을 보면서 마음에 위안을 얻었다. '과연! 사람이 쓴 것이 맞는 것일까?' 오천 자도 넘는 한자로 뼈를 깎아내는 고통을 이겨내며 써 내려갔을 큰스님을 생각할 때면 '이 정도의 어려움은 아무것도 아니지.' 하고 기운을 냈던 기억이 났다.

　제4 전시실, 수석이란 이름의 작품들이 저마다 화려한 몸짓을 하며 가슴으로 다가왔다. 백여 점 되는 수석과 화석들이 어쩌면 모두가 이리도 개성이 뚜렷할까? 형태, 질감, 색감이 다르고, 선과 굴곡이 조화로웠다. 모진 풍파의 세월을 겪어서인지 돌 갖의 세련미가 흐르고, 나무는 화석이 되어 추상적인 미를 보여준다. 폭포 모양을 한 수석, 물방울 모양의 화석, 사람 얼굴 형상을 한 수석들. 채광을 받으면서 흔들리는 모양이 사람들의 희노애락(喜怒哀樂) 그림자와 닮았다.

6

산본 전통시장에서…

🌙 황금연휴로 온통 도로는 자동차와 씨름을 하고 있다. 나에게 연휴의 달콤했던 휴식이 있었던가? 상황에 따라 출동하는 119 소방대원이 사고 현장을 뛰어가듯 화성으로부터 갑작스러운 호출이다. 돌아오는 길에 십수 년 마음의 고향이었던 산본을 찾는다. 수리산 아래 위치한 산본(山本)은 '산밑'이라고 불리며 삼면이 산으로 둘러싸여 어머니의 품 안처럼 온화하며 포근하다.

우선, 살아있는 활력을 느낄 수 있는 곳 산본 전통시장의 거리로 나섰다. 초여름 한나절 약간의 따가운 햇빛 아래 시장은 넘실넘실 오색빛깔 조각들이 모여들듯 사람들이 각가지 색깔의

꽃물결로 수를 놓았다. 입구에서는 시크한 모습의 이름 모를 무명가수가 기타를 치며 흘러간 가요를 부르고 있다. 그 주위에는 많은 사람이 왜! 시장을 왔는지? 잊은 채 흥겹게 장단을 맞추며 얼굴엔 웃음을 머금은 모습으로 노래를 듣고 있었다.

충동구매를 하지 않기 위해 메모한 종이를 꺼내 들고 많은 사람이 모여있는 사이를 헤집고 들어갔다. 첫 번째로 들른 곳은 약재를 파는 가게이다. 주(酒)님을 좋아하는 남편을 위해 헛개나무, 대추, 결명차, 칡 말린 것을 나의 방식대로 저녁에 저온 조리기에 달인 물을 식혀 냉장고에 넣어놓고 매일 마시고 있다.

두 번째로 들르는 곳은 생선가게다. 작년 집 앞 살구꽃 필 무렵 칠십 년 나이테를 가진 목조 주택인 우리 집 창고에다 눈처럼 하얀 길거리 출신의 고양이가 산실을 차리고 새끼를 낳았다. 십여 일 동안 새끼를 돌보다 어미 고양이는 매정하게 소리 없이 그렇게… 떠나버린 후 새끼 고양이들은 우리 가족이 되었다. 흰 고양이는 가끔 먹잇감을 대문 틈으로 넣어주는 앞집 마음씨 고운 아가씨가 수호천사로 지어 '수호'라고 부른다. '사랑' '아랑' 세 녀석 모두 생선 머리나 뼈를 제일 좋아한다. 구워주면 폭풍 먹방을 하고 나서는 때굴때굴 구르며 애교를 부릴 때는 자식을 키울 때의 추억 속으로 빠져든다.

세 번째로는 취직한 지 얼마 안 된 아들의 삐쩍 마른 뒷모습이 생각나 토종닭을 사기 위한 정육점이다. 주인아주머니가 토실토실한 닭을 포장해주었다. 황기, 수삼, 엄나무 등 정량의 재료를 넣고 끓이는 방법, 효능을 종합선물세트와 같이 줄줄이 말해준다. 콜레스테롤이 적고 필수아미노산이 들어있어 스트레스에 시달리는 직장인이나 노령자 특히 어린이가 성장할 때 두뇌 발달에 좋다는 맛깔스러운 말의 고마움을 눈웃음으로 대신한다.

마지막 목적지는 시장 끝자락에 있는 자그마한 마트인데 가끔 들르는 곳이다. 아침이면 텃밭에서 키운 케일이나 양배추를 꿀과 콩가루, 우유를 넣어 갈아 마시는 것이 습관처럼 되었다. 마트에 들어서니 육십이 좀 넘어 보이는 주인아저씨가 물건을 정리하고 있었다. 진열된 위치를 물으니 웃으시며 친절하게 알려주어 기분이 좋아진다. 몇 가지 물건을 사서 계산을 하고 마트를 나와 걸으며 받은 영수증을 확인하니 꿀의 가격이 두 배로 계산되어 있었다. 다시 종종걸음으로 가서 "꿀 가격이 잘못 계산되었네요."라고 말하니 정확히 계산되었다고 한다. "아침에 꿀을

우유에 넣고 갈아 먹어 잘 아는데요! 이 가격이 아니에요!" 주인 아저씨가 다른 꿀로 착각했다고 얼버무렸다. 다시 영수증을 끊어 받았다. 사과 한마디 없이 당당한 주인아저씨의 태도에 기분이 씁쓸해진다.

이 경우와는 다르지만, 예전에도 저녁 무렵 복숭아를 산 적이 있었다. 검은 비닐봉지에 넣어주어 집에 와 꺼내보았다. 절반 정도 썩은 복숭아가 들어있어 버린 기억이 떠올랐다. 제법 가격이 저렴하고 물건 구경하는 것을 좋아해 시장에 오는 것을 즐겨한다. 장사의 고단함을 알기에 나름의 배려로 시장에 올 때는 현금을 준비한다, 깎지 않으며 물건을 살 때도 미소로 대하며 가게 주인들과 담소를 나누곤 한다. 하지만 속임을 당할 때는 사소한 것에 기분이 상할 때도 있지만….

다시! 왁자지껄 활기찬 시장 안의 저마다 한 보따리씩 짐을 든 사람들 틈에 끼어서 우리 가족 먹거리 향연 속으로 빠져든다.

제6장

내가 바라보는
나

1

야생의 삶

🌙 지난해 가을, 가깝게 지내던 지인이 문예지로 등단하여 작가의 길로 들어섰다. 문필가 집안으로 일찍부터 읽는 것과 쓰는 것을 좋아해서 두려움 없이 글을 쓰게 되었다고 한다. 그녀는 자신이 좋아하는 일을 해야만 힘들고 어려워도 모든 것을 감내할 수 있다. 이제 돌고 돌아서 그리워하던 정겨운 고향으로 돌아온 것 같다며, 책 한 권을 수줍게 내어놓는다.

문예지에 기고된 글의 문장들이 하나같이 수려해서 어떻게든 익히고 싶었다. 한 권의 책을 정독하고, 실린 내용 중에서 관심 있는 문장을 골라 따로 노트를 만들어 틈틈이 메모해두었다.

지난 후에 메모해두었던 단어들의 문맥을 맞추어 옮겨가면서 문장을 복원해봤다. 문학적 표현을 배우고 싶은 충동을 느끼며 수업을 받아야겠다는 생각이 뇌리에 강하게 자리 잡았다.

고심하던 중, 어느 따사로운 봄날에 AK백화점 문화센터의 '나를 표현하는 수필과 글쓰기'가 내 인생에 네잎클로버처럼 다가왔다. 문학의 세상은 현실과 동떨어진 다른 세상이 아니라 보편적 일상에서 나온다는 것. 내 삶 자체가 문학으로 쓰여져 나왔고, 나 자신의 삶에 좀 더 깊은 관심을 두게 되었다. 또한, 야생의 삶 같았던 지난날이 자신도 모르게 치유되고 있었다. 글을 쓰면서 상처의 감정은 서서히 회복하고 있다. 끊임없는 이야기로 나를 표현하고, 누군가 들어주지 않아도, 심장에 던지는 호소문이 되어 하얀 종이에 '나'라는 존재를 써 내려갔다.

어느 순간부터는 문학과 소통하며 문학 안에 있는 나를 바라봤고, 그 안에 내가 있었다. 그러면서, 글을 쓰는 데도 질서와 예절이 있다는 것을 알았다. 자기중심적으로 글을 쓴다면, 그 글을 읽는 이들에게 반감을 불러일으켜 유익한 정보와 즐거움을 얻으려는 것이 좌절될 수 있기 때문이다. 나는 살아온 날들이 글로 표현될 때, 인간관계 때 쓰리고 아팠던 기억은 숨기고 싶어진다. 혹여 관계의 연결고리에 흠집이 날까 걱정돼서일까.

 사람들은 건강한 몸을 위하여 신선한 채소나 고열량의 음식으로부터 영양을 섭취한다. 우리의 정신도 사람들과의 삶의 이야기를 통하여 무의식 중에 좋은 영양분을 섭취하고 있다. 경험이 풍부한 선배들과 관계를 쌓아가는 것이 성장으로 다가오면서, 문우들이 끌어주니 어느 사이 자신의 부족한 것들이 보완되어 간다.

 사회생활의 힘들고 고통스러운 체험도 글의 영양분이 되었다. 이십 대 때, 체험한 일이다. 화장품 판매장을 운영했었다. 한 달을 운영하니 얼마나 힘든지, 고객이 없을 때는 예상되는 고객을 찾아가서 홍보해보았다. 판매로 이어지는 것은 힘들었고, 심지어 거절의 모멸을 느낀 일도 있었다. 내가 판매하는 제품이 안 좋은가? 아니면 영업 능력이 없는 것인가? 영업에 자질이 없다고 결론을 내리고, 백화점에서 제과를 판매하던 사촌 언니가 쉬고 있던 터라 일해달라고 부탁하였다. 언니는 처지를 바꾸어서 생각해보라고 했다.

 누군가 물건을 팔려고 찾아왔을 때 경계심부터 갖게 되고, 거절하는데 이것을 이겨내야 한다. 아! 거절하는구나. 이렇게 거절을 할 때 나는 어떻게 대처를 해야 하나? 생각해가며 좋은 기회로 삼았고, 더불어 판매까지 하면서 판매자와 고객의 입장을 깊이 이해하게 되었다.

성장의 밑거름이 되는 체험을 책을 읽고 깨달을 수도 있겠지만, 직접 뛰어들어 이루는 순간에 글로 표현된다면 좋은 문학이 되지 않을까? 지금은 살아온 날의 추억을 되새김질하여, 지난 시절의 의미를 찾아가는 문학의 길을 걸어가고 있다. 나는 한때 문학에 경계심을 가진 적이 있는데, 문학은 그때나 지금이나 나를 거부하지 않는다.

2

백치 아다다

🌙 사회생활을 하다 보면 침묵을 지켜야 할 때와 자기표현을 해야 할 때가 있다. 그때를 잘 판단하는 것이 필요하다. 나를 제대로 표현하지 못하고, 침묵만 해서는 모임이나 단체 활동에서 빛을 보기 힘든 것처럼 자신을 표현하지 않고, 알아봐주길 바라는 것은 참으로 힘들다. 어렸을 적에는 말수가 적어서 눈에 띄지 않았고, 단체 활동 과정엔 그 자리에 없는 존재처럼 '투명인간'이 되었다. 성인이 되어 사회에 뛰어들면서 모임이나 사회 활동을 통해 다른 사람 앞에서 이야기하는 방법을 몸에 익히려고 노력했었다. 선천적인 약점을 보완하는 데는 꽤, 오랜 시간이 필요했다. 지금은 사람들 앞에서 자신을 표현할 수 있게 되었다.

2013년 8월 부동산 시장의 변화를 알아보기 위해 J대학원에 입문하였다. 오후 4시 30분 입학식이 11층 세미나실에서 거행되었다. 일찍부터 준비를 하고 들뜬 기분으로 입실을 하니, 남자 한 사람이 먼저 와있었다. 한 사람, 두 사람 도착한 30여 명의 입학생을 살펴보니 대부분 전문직 종사자의 냄새가 물씬 풍겼다. 오리엔테이션 1시간을 하고, 교내 식당에서 함께 식사하게 되었다.

식사는 4인 기준으로 각자 원하는 자리에 앉았다. 주임 교수님과 나이가 위로 보이는 화려한 치장의 센 언니 포스가 뿜뿜 풍기는 여자분, 연예인이라는 멋진 남자, 네 사람이 식사를 같이하게 되었다. 약간의 긴장감은 이런저런 이야기를 하면서 편안한 분위기로 바뀌어갔다. 식사가 끝날 무렵, 같은 동기라도 위, 아래는 가려야 될 것 같아 연예인이라는 남자에게 "올해, 나이가 어떻게 되시는지…." 그는 머뭇거리다 "그러는 분은 올해 어떻게 되는지요?" 물어온다. 나이를 말하였더니 내 나이보다 11살이 많다고 말한다.

식사 후, 2부 수업이 시작되었다. '부동산 시장이 바뀌고 있다'라는 주제로 강의가 끝나고, 신입생 원우의 자기소개가 이어졌다.

변호사, 방송인, 공무원, 대기업 임원 등, 각계각층의 전문인들이었다. 자신을 소개하는 대학원 원우들을 모두 기억할 수 없어 소개자가 말하는 요점과 인상착의를 적어 내려가니 옆에 앉은 원우가 쳐다보며 웃음을 짓는다. 전문직에 종사하고 있어 달변가들이다. 개중에는 소개가 길어질 때도 있었다. 5분, 10분 시간은 흘러간다. 별 내용도 없는데 방만하게 소개를 하니 지루감마저 들었다. 정리가 안 된 이야기가 끊임없이 이어진다. 시간을 3분쯤으로 압축해서 말해주면 얼마나 좋을까.

수업은 매주 화요일 오후 6시 30분부터 3시간씩 이루어졌다. 입학식 때 같이 식사했던 센 언니와 친해지고 싶어 주위를 맴돌았지만, 찬바람이 쌩쌩 불어 쉽게 다가갈 수 없었다. 6개월의 시간이 흘렀다. 태국 치앙마이로 3박 4일 해외연수를 가게 되었다. 룸은 2인 1조로 구성되었고, 센 언니랑 같은 조였다. 속 깊은 얘기를 나눌 기회가 되었다. 그녀는 입학식 날 연예인 대학원 원우에게 나이를 묻는 것을 보고 "얘! 참, 당돌하네!"라고 생각이 들었다고 했다. '초면에 나이를 묻는 것이 실례가 되는지?' 그때는 몰랐다. 무심코 던진 말 한마디로 오해를 할 수도 있겠구나! 상대방을 배려하지 않는 말로 인해 예의 없는 사람으로 낙인이 찍혀, 보이지 않게 왕따를 당했다.

다음 날, 원우들과 코끼리 트레킹과 고산족 마을을 둘러본 후 특별하게 한국인이 운영하는 한식당에서 저녁 식사가 마련되었다. 식사를 먼저 끝낸 십여 명의 원우들이 모닥불을 쬐면서 무언가 재미있는 이야기를 나누는 듯, 큰 웃음소리가 들려왔다. 다가가니, 나에 관한 이야기를 하고 있었다는 것이다. 가끔 얼굴을 보이는 원우가 웃음 띤 얼굴로 말을 한다. "박현선 원우를 보고 있으면, 백치 아다다가 생각나요!"라고 말하자 원우들은 또, 와~ 하며 한바탕 폭소를 터트렸다. 분위기에 휩쓸려 같이 웃었지만, 연수를 끝내고 돌아오는 길에 그 말의 의미는 무엇이었을까? 라는 생각이 머릿속에서 지워지지 않았다. 그렇지만 왠지 모르게 그리 썩 좋은 말뜻은 아닌 것 같았다. 늘 웃음이 생활화되다 보니, 항상 웃는 모습이 속이 없어 보였는지, 아니면 농담을 해도 잘 속아 넘어가서일까? 나름 좋게 해석해보았지만 아직 그때 들었던 말이 불편한 기억으로 남아있다.

　살다보면 무심코 하는 말이 듣는 상대에겐 무기가 되어 칼처럼 찌르고, 마음에 상처를 남길 수 있다. 말은 곧, 감정을 표현하는 것인데 자신의 감정대로 말을 하게 되면 다른 사람에게 좌절감을 주기도 한다. 반면 좋은 말이 전해질 때는 하늬바람이 되어 싸늘한 분위기를 녹여주거나, 궁지에 빠져 있을 때 용기를 불러일으킬 수도 있지 않을까!

　사람과 사람 간의 의사소통은 몸짓이나 표정으로도 표현되지
만, 대부분은 마음속의 생각이 씨가 되어 듣는 이들의 마음속
에 전해져 싹을 틔운다. 그래서 말 한마디에 감동하기도 하고,
화를 부르기도 하나보다.

3

제발, 서줘!

🌙 내비게이션도 없던 시절, 서울 낙성대역 인근 산등성이에 세워진 H교회를 다니고 있었다. 건축 의뢰를 받고 기획한 자료를 전해주기 위해 가고 있었다. 교회는 비탈진 언덕 위에 세워져 있었고, 내부를 밭고랑 늘이듯 넓혀가며 사용하고 있다. 예배를 드리러 갈 때는 주차 공간이 부족해 교회 주위를 빙빙 돌며 애를 태우는 곳이다.

미로 같은 교회 주차장으로 들어가기 불편하여 교회 입구 도로변 언덕 위에 주차하였다. 작은 벽돌을 뒷바퀴에 받쳐놓았다. 자료를 전해주고 나와 벽돌을 치우고 출발을 서둘렀다. 자동차 시동을 걸고 사이드 브레이크를 내렸는데, 차가 뒤로 서서히 미끄러지면서 시동이 꺼졌다. '차가 왜 이러지!' 당황하여 혼 빠진 사람처럼 기어를 파킹에 놓았다 다시 시동을 걸어 보았지만 걸리지 않는다. '우~으~윽~' 어떡해야 하나? 이러다 사고라도 나면 어쩌지. 아무것도 할 수 없는 멘붕 상태다. 뒤로 내려오는 차를 보고 영화 「십계」의 갈라지는 홍해 바다처럼 사람들이 피하는 모습이 보였다.

'으~아~악!'
'안 돼. 제발, 서줘!'
'제발!'

혈관 속의 피를 녹여내고 있다. 어쩌면, 차의 멈춤이 더 늦어지면 난, 녹아내릴지도 모른다. 자동차는 언덕에서 50미터가량 미끄러지며 내려왔고, 무엇엔가 부딪쳐야 설 기세다. 그러더니 차가 달려오는 큰 도로 안으로 미끄러져 들어간다. 도로가 약간 내리막이었다. 달려오던 차들은 황급히 중앙선을 침범하여 내 차를 피해 달아난다. 길고 긴 악몽 같은 시간이 이어진다. 봉고차가 달려오다 멈칫거린다. 반대 차선에 자동차가 계속 달려오니 피하지 못한다. 내 차는 봉고차 옆구리에 부딪히고 나서야 멈췄고, 악마 소굴 같던 내 마음도 멈추었다. 난 운전대에 얼굴을 묻고 떨리는 마음을 가라앉히고 나서야 차에서 내렸다. 봉고차 옆구리가 푹 들어가 있었고, 내 차는 왼쪽 꽁무니가 찌그러져 있었다.

　오십 대로 보이는 남자가 내리면서 말을 한다. "큰일 날 뻔했어요! 제 차하고 부딪혔으니까, 멈춘 거지. 사람이라도 다쳤으면 어쩔 뻔했어요?" 나는 왜! 이런 사고가 일어났는지, 악몽을 꾼 것 같았다. 조심하며 운전하고 다니는데, 이런 사고는 처음이었고, 차에 부딪혀 멈춘 것이 위기의 순간을 넘긴 것이다. 긴장된 목소리로 "다친 데는 없으신지요?" 다행히 괜찮다고 하면서 조심스럽게 물어왔다. 혹시, "H교회 다니지 않으세요? 저도 그 교회 성도입니다." "아… 네~." 안도감에 뭉쳐있던 긴장감이 풀어졌고, 차의 파손은 보험 처리하기로 하였다.

　혼비백산 돌아온 나에게 남편은 얼마나 놀랐느냐고 따뜻하게 위로를 한다.

　"언덕이니까! 앞바퀴를 사선으로 놓고, 주차해야 했어. 차가 뒤로 밀리는 것을 방지하기 위해서는 시동을 먼저 걸어놓고, 엑셀 레이더를 강하게 밟는 동시에, 사이드 브레이크를 내렸어야 해. 차가 뒤로 밀리면 아무리 시동을 걸어도 걸리지 않아."

　"천만다행이야! 다친 곳도 없고, 차야 수리하면 되지. 뭐, 큰 경험이라 생각하고, 안 좋은 기억은 빨리 잊어버려."

"벽돌을 뒷바퀴에 끼워 놓은 채 시동을 걸었어야 했는데…."

H교회에서는 주일예배 때, 그날 사고를 알렸고, 비탈진 언덕
에 주차하지 말라는 경고판을 설치하였다.

4

너 지금 집으로 가는 길이 무섭지 않니?

🌙 화성 팔탄면 덕천리는 도심 속을 조금 벗어나 자연과 어우러져 있는 한적한 마을이다. 넓디넓은 저수지는 각양각색의 연꽃 무리가 이쁜 색동 이불을 덮고 있는 듯하다. 논밭과 나지막한 산들은 옹기종기 모여 앉아 소꿉놀이하듯 펼쳐져있는데, 마치 옛 고을과 닮은꼴이다. 이십여 년 전 이맘때쯤 뜨거운 태양이 심술부리던 때의 일이다.

마을과 저수지를 끼고 관광단지 개발 사업을 준비하던 과정에 조합사무소로 사용할 수 있는 건물을 찾고 있었다. 원주민으로 부동산을 운영하는 박 사장은 S온천 앞에 2층으로 된 건물이 거저 얻는 가격으로 매물이 나왔다고 매입 의사를 물어왔다.

지금은 폐건물이지만 수리하고, 실내장식을 하면 쓸 만하다는 말에 놓칠세라 서둘러 건물을 매입하였다.

　나무로 지어진 2층 건물이었다. 1층은 일식집을 하였던 것으로 보였다. 방 서너 개가 일렬로 기차처럼 붙어있었으며, 금방이라도 타액이 뚝뚝 떨어질 것 같이 입을 쩍 벌린 청동으로 만든 물소 머리 장식, 먹을 갈아 붓으로 모란꽃을 그려넣은 액자가 고급스럽게 꾸며져있었다. 바닥에는 탁자와 의자가 널브러져 있었고, 온갖 쓰레기 더미가 쌓여있었다. 여기저기 대나무 그림으로 멋을 부린 그릇들이 깨어진 채 내팽겨져 집기와 뒤섞여 나뒹굴고 있었다. 2층은 밖에서 나무 층계를 밟고 올라가야 했는데 발을 디딜 때마다 삐걱삐걱하는 기분 나쁜 소리가 났다. 2층은 텅 비어있는 사무실과 휴게점을 운영하였던 곳으로 빨간 소파와 테이블이 싸움하듯 뒤엉켜있었다.

　급하게 수리를 해야 했다. 건물 옆에서 온천부동산을 운영하는 박 사장을 찾아갔다. 외지인이 1년 전에 1층 전체를 임대하여 일식집을 운영했었다고 한다. 실내장식을 고급지게 꾸며 놓고 문을 열었지만, 손님은 없었다. 일식집 주인은 운영에 힌계를 느꼈고, 상심한 나머지 밤과 낮을 가리지 않고 매일 술에 절어 지내다가 스스로 세상을 버렸단다. 젊은 이장이 경운기를 자가용처럼 타고 다닌다. 소가 노니는 한가로운 곳에 고급 일식집이라니! 시장 조사만 잘했더라면 극단적인 선택은 하지 않았을 텐데.

박 사장은 건물의 터가 너무 세서 사람이 죽어나가니 눌러주고, 넋을 위로해주어야 앞으로 들어오는 사람도 잘 된다고 했다. 무조건 굿을 해야 한다고 고집을 부렸다. 늦은 시간이 좋다고 하여 어둠이 깔린 늦은 저녁으로 정하였다. 모태 신앙 기독교인 남편은 참석하지 않겠다고 선언하고 자리를 피하였다. 2층으로 원주민식당에서 파란 물 장화를 신고 일하는 아주머니, 이장님과 마을 사람들이 10여 명 넘게 모여들었다.

화려한 무복으로 치장한 무녀는 얼추 마흔 살쯤 되어보였고, 얼굴이 둥글둥글하며 눈매가 매서웠다. 촛불을 밝히고, 떡과 과일의 재물을 차려놓았다. 꽹과리와 장구를 치는 요란한 소리에 맞추어 축원을 쏟아내었다. 무녀는 갑자기 쇳소리처럼 날카로운 목소리로 외쳤다. "여기 대주가 누구냐!"라고 소리쳤다. 모여있던 사람들이 일제히 나를 쳐다봤다. 앞으로 나오라고 하여 엉겁결에 나갔다. 깃발을 보이며 뽑으라고도 하고, 흰 천을 내 몸에 둘둘 말아 묶기도 하였다. 생전 처음 당하는 이 괴이한 행동에 공포감이 밀려와 손끝이 부르르 떨렸다.

무녀는 1층에서 목을 매고 자살한 사람의 혼이 아직도 머물러 있으니 나에게 "그 장소로 가서 술을 뿌려주면서 망자를 달래주어야 한다."라고 하였다. 캄캄한 곳으로 촛불에 의지하고 술을 들고 폐허가 되어 있는 일식집으로 들어갔다. 침이 마르고 가슴이 요동치며 등에 굵은 땀이 흘렀다. 비린내 같은 역한 곰팡내가 난다. 무언가 절규하며 아픔을 호소하는 목소리가 들려오는 것 같다. 몸을 움직일 때마다 나의 그림자가 출렁인다. 숨이 막힐 듯 조용하고 바람도 없는데, 몸은 균형을 잃어 쓰러질 것만 같았다. 해골바가지로 물을 떠 마신 것같이 속이 메스껍고 어지러움이 몰려왔다.

나 홀로 집으로 돌아오는 길. 암실처럼 불빛이 거의 없는 구불구불한 달구지길, 가쁜 호흡을 내쉬며 지나야 했다. 오직 라이트만을 의지한 채 군데군데 묘지가 흩어져있는 산길을 더듬으며 지난다. 뭔가 불쑥 튀어나올 것만 같다. 순간 정적을 깨고, 차 유리창에 비친 내 모습이 말을 한다. "너 지금 집으로 가는 길이 무섭지 않니?"

5

매미처럼

🌙 "마음을 의지하는 소중한 친구가 있나요?"

누군가 물어온다면, 환한 미소로 오는 오랜 친구, 차은수 얼굴이 떠오른다. 초등학교 6학년 때 전학한 후 모든 것이 낯설어 마음고생을 하고 있을 때, 나무에 붙은 매미처럼 단짝이 되어준 은수. 표현을 잘 하지 않는 편이었는데, 은수의 성격은 나와 상반된 면이 많았다. 중학교 진학을 같이하면서, 어머니들끼리도 아주 가깝게 지내셨다. 생일이면 서로 초대해 음식을 만들어 나눠 먹고, 그 시대 유행하는 올리비아 뉴튼 존(Olivia Newton John)의 「Let Me Be There」, 혼성그룹 아바(ABBA)의 「Dancing Queen」 같은 팝송을 따라 부르며 즐거움을 함께했다. 에너지가

방전되었다고 느낄 때, 그 시절 추억은 우리들의 충전 공간이 되었다.

수십 년의 세월이 흘렀다. 현재 의류업을 하는 은수는 판단력이 빠르고 냉철한 모습 뒤에는 따뜻함과 여린 마음도 있는 결이 고운 친구이다. 여고 시절, 소아마비를 앓은 후 한쪽 다리가 불편하여 목발을 짚고 다니던 학생이 있었다. 그 옛날, 행당 시장은 좌판에 물건을 깔아 놓기도 하고, 난전에 앉아 먹거리를 파는 번잡한 거리였다. 뒤뚱뒤뚱 절며 걷는 학생을 보호하기 위해 안간힘을 쓰며, 시장통을 지나가는 은수의 모습에 가슴이 뭉클했었다. 3년 꼬박 등하교 때 학생 책가방을 들어주는 선행으로 학교를 건강하게 바꿔놓기도 했다.

은수는 남에게 해가 될 행동은 하지 않았다. 일할 때도 똑 부러지게 해야 직성이 풀리는 친구다. 할 일과 하지 말아야 할 일을 가차 없이 나누는 그런 친구가 어찌나 마음이 선한지 깜짝 놀랄 때가 많다. 자신에게 엄격하지만, 상대에게는 마냥 너그러운 친구다. 사업을 하다 보면 아무리 가까운 사이라도 돈이 오가는 일만큼은 조심스러워진다. 친한 사람과는 돈거래를 하지 말라는 말도 있지 않은가. 돈과 사람 둘 다 잃을 수 있기 때문이다. 나 역시 돈을 빌려주었다가 돌려받지 못한 적이 있었던 뒤로 관계가 소원해졌다. 그런데 은수는 달랐다. 돈이 꼭 필요한 친구가 있으면 그냥 지나치지 못한다. 돌려받을 수 있을지, 흐릿한 상황에서도 부탁을 들어주는 일이 많았다. 주변에서 말리거나 걱정해도 개의치 않았다. 어쩌면 떼일 수 있다는 것을 은수가 몰랐을 리 없다. 그렇다고, 있어도 그만, 없어도 그만일 만큼 돈 문제에 초연한 건 아니다. 그 누구보다 알뜰하고, 특히 돈 관계는 깔끔하게 처리하는 정확한 친구였다.

친구의 남다른 점이 여기에 있다고 본다. 돈을 빌려주기로 마음먹었을 때는 이미 돌려받지 못할 수도 있다는 것이다. 때로는 돌려받지 못할 '대여금'이라도 그것이 절실하게 필요로 하는 이에게는 빌려주는 것이다. 그렇게 사람 마음을 어루만지고, 세심한 부분까지 신경 써준다는 게 결코 쉽지 않은 일일 텐데.

그런 친구에게 단점이 있다면 성격이 조급하다는 것과 툭툭 내뱉는 직설적인 화법이다. 그 때문에 좋은 점을 못 보고 오해하거나 상처받는 사람도 있지만, 가까이에서 겪어본 사람은 마음이 여리고 따뜻함을 알게 된다. 세상에 단점 없는 사람이 어디 있을까. 자신이 지닌 많은 장점으로 그 단점을 덮는 그런 친구이다. 우리는 서로 말을 아낀다. 힘든 말일수록 오히려 더 그렇다. 특히 감사의 표시는 말로 표현하지 않는다. 가슴으로 소통하고 있는 친구니까.

또한, 은수에게 가장 부러운 것은 인맥 관리를 잘한다는 것이다. 교제 범위가 넓고, 다양하여 이 친구를 통하면 여러 분야의 사람과도 연결된다. 꼭 필요한 일이 있어 부탁하면 연결해줄 사람을 만날 수 있었다. 관심의 폭이 넓어 안 가는 데가 없고, 안 끼는 자리가 없다. 그만큼 사람을 좋아하고, 활력이 넘치는 여장부다.

늘 궁금했었다.
'어떻게 저, 많은 사람과 소통을 하고, 친하게 지낼 수 있을까?'

그 여장부의 활력을 몸소 체감하게 된 일이 있었다. 십여 년 전, 건축 사업을 하다 어려움을 겪고 있을 때, 모임에 참석하고 지친 몸이 되어 집으로 돌아왔다. 암담한 처지로 우울감에 젖어 온몸이 내려앉았다. 그때 전화벨이 울렸다.

"친구야! 아까 보니까, 많이 힘들어 보이더라~. 상심이 깊을 땐, 집에 있으면 안~돼! 나와! 만나서 털어내자!"

은수는 따뜻한 위로의 말로 다독여주었다. 주거니 받거니 이야기하다보니, 마음이 가볍게 변화되어갔다.

은수가 그랬듯이 나도 친구가 힘들 때면 곁에서 힘이 되고, 위로해주고 싶다. 하지만 마음뿐 쉽지가 않다. 워낙 힘든 내색을 하지 않는 성격인 데다, 내가 먼저 얘기를 꺼내는 것이 아픈 곳을 건드리게 될까 봐, 조심스럽기 때문이다. 하지만 말하지 않는다고 그 마음을 모를까.

6

양철과 유리

☾ 기억 속 그림 같은 독특한 건축물을 그려내는 곳. 서초동 회사를 방문하게 된 것이 김미경과 첫 만남이었다. 나와 비슷한 또래인데, 나이답지 않게 동안이다. '세련되고 멋진 친구' 그것이 김 이사에 대한 첫인상이다.

다시 만나게 된 것은 우연인지, 필연인지 모르겠지만 중국을 거쳐 백두산 천지 답사를 떠나는 항공기 안에서였다. 양해를 구하고 그녀 옆자리에 앉았다. 업무 총괄 이사를 맡고 있던 그녀는 백두산을 처음 가는 길이며, 답사 후 중국지사 업무를 점검히기 위해 가고 있다고 한다. 환한 미소로 반가움을 표현한다. 우리는 무료함을 달래기 위해 대화를 시작했는데 가는 동안 주고받던 이야기가 얼마나 재미있던지 대화를 이어가다보니 어느새 연길 공항에 도착했다.

　다음날, 버스를 타고 백두산을 향해 한참을 달린다. 서파산 문에서 순환 버스로 갈아탄다. 백두산 정상에 가까워지니 가슴이 바람에 날리는 풍선처럼 마구 흔들린다. 굽이굽이 산등성이를 칡넝쿨 감아올리듯 돌고 돌아 올라간다. 그녀와 흔들리는 버스 안에서 손을 꼭 잡고 몸을 맡겼다. 왜 이렇게 가슴이 뛰는 거지? 순수한 감동이 아름답게 피어오른다. 레몬주스 같은 웃음이 버스 안을 가득 채우며, 우리들의 시간은 달콤함에 젖어든다. 번잡한 생각을 잠시 접어두고, 순간순간을 즐기는 일탈의 여행이다.

　주차장에 도착 후, 천여 개가 넘는 계단을 인생길 걸어가듯 그렇게 묵묵히 오르니, 백두산 천지의 소통 길이 고스란히 펼쳐진다. 햇빛의 반짝임이 드러나더니 장관의 하늘 문이 열리며 환해진다. 바람막이 괴석들이 천지를 둘러싸고 있다. 그 안에 구름에 싸인 하늘 무늬를 그대로 닮은 파란 물방울의 신비감에 젖어든다. 하늘을 풀어놓은 백두산 천지에서 우리는 오랜 친구처럼 끈끈한 우정으로 파랗게 물들어간다.

돌아와서도 연락을 하며 지냈다. 우정은 그렇게 백두산 천지의 깊은 물속처럼 깊어져 간다. 건설에 관련된 일에 몸담고 있어 거칠고 힘든 일, 단조로운 일상들이 여행에서의 우연한 만남으로 더욱 친숙해졌다. 당시 사십 대 중반이었던 우리는 다소 마른 체격도 비슷해 같이 다니면 자매냐고 묻는 이들도 꽤 많았다. 그렇게 그녀와 자매 못지않은 우정을 쌓아왔다. 그 무렵 전원주택 단지를 처음 시작하였는데, 건축 설계는 친구의 작품이라 더욱 의미가 깊었다. 우리는 건축이 하루가 다르게 변해가는 과정을 바라보며 기뻐했다. 친구 사이를 넘어 사업 동반자로 깊이를 더한 우정이 쌓여갔다.

참, 배울 점이 많은 친구였고, 일에서도 놀랄 만큼 열정적이었다. 우리는 서로 배우려는 자세도 통했다. 그녀는 나에게, 나는 그녀에게서 모자란 면을 배우고 보완하기를 주저하지 않았다. 그렇게 배우고, 채우면서 우리는 서서히 닮아가고 있었다.

나와는 여러 면에서 성격도 다르고 경쟁 관계가 될 수도 있었지만, 다투거나 어긋난 적이 없었다. 늘 서로 아끼고 모든 것을 나누며, 사업적으로는 선배임을 자청하며 조언을 아끼지 않는다. 시간이 지나며 우리는 흉금을 털어놓을 정도로 가까운 사

이가 되었다. 그녀와는 학연, 지연이 아닌 비즈니스 관계로 인연
이 맺어져 십여 년의 세월이 흐르면서 정은 점점 쌓여가고, 깊어
졌다.

그녀와의, '희비애락(喜悲哀樂)의 우정이 없었다면 내, 삶은 얼
마나 무미건조했을까!'

우정이란 어쩌면 양철과 유리의 양면이 존재하는 것은 아닐
지. 강도가 센 충격을 받으면 힘이 되어 거뜬히 견뎌내지만, 때
로는 사소한 말다툼으로 유리 조각처럼 깨질 수도 있다. 그러므
로 우정에도 사랑과 마찬가지로 배려와 관리가 필요하지 않을
까? 자주 만나고, 많은 대화를 나누고, 내가 가진 것을 아낌없
이 베풀어 서로의 마음이 깊어지면서 좋은 관계가 유지된다.

인생의 끝물은 흔히 고독하다고 한다. 결국은 혼자일지도 모
른다. 길다면 길고, 짧다면 짧은 인생길에 '응원가'를 불러줄 친
구가 없다면 얼마나 외롭고 쓸쓸할까.

7

방, 다음엔 여자

☾ 능선 아래 노하리. 기백이 넘치는 소
나무 숲에는 백로가 하얗게 앉았고, 더위를 식힐 수 있는 시원
한 산들바람이 불어온다. 연밭에는 아이들 자라듯 훌쩍 커버린
연들이 꽃 피울 준비를 한다. 나무와 흙을 사용하여 지은 고풍
스러운 기와집이 나지막한 언덕을 등지고 앉아, 호수에 걸쳐진
다리 위로 달리는 자동차를 바라보고 있다. 샛길을 따라서 올라
가면 공장 수십 채가 우후죽순 자리를 잡고 앉았다.

마을 중심에 서있는 연꽃 빌라는 연한 모래 빛깔의 치장을 하
여 추억 속의 학교를 떠올리게 한다. 서로 키 새기를 하듯 앞,
뒤로 서있다. 옆에는 찔레꽃처럼 하얀 집들이 동화책 속에서 방

금 빠져나온 모습을 하고, 줄지어 서있다. 분양사무소는 하얀 바탕에 나무색으로 포인트를 준 전원 속 예쁜 집을 닮았다. 통유리 문을 열고 들어가면 검은색 네모난 책상과 빨간 의자가 아기자기하게 꾸며져있다. 테크로 꾸며진 앞쪽에는 연 군락지가 정원처럼 펼쳐져있다. 둥그런 테이블에 앉아 차를 마실 때는 분위기 있는 카페에 온 기분이다.

 분양 상담을 하는 김 실장은 말 잘 들어주는 푸근한 누이처럼 알맞게 응대를 하며, 임대할 사람의 방문 약속을 받아놓았다. 점심 무렵 사십 대 후반쯤 되어보이는 중년의 남자가 들어선다. 김 실장은 "어서 오세요~, 어제 전화하신 분 맞죠?" 그는 "공장에서 일하는 직원들과 제가 사용할 숙소, 2가구가 필요한데요. 임대 가격은 어떻게 되나요?" 김 실장은 "빌라 1층이 2가구인데, 24평형으로 큰방 2개, 거실, 주방, 욕실로 배치되어 있어요. 임대료는 이천만 원에 월 오십이에요. 경관이 좋고, 온종일 볕이 잘 들어오죠." 그는 "내부 좀 볼 수 있을까요?" 걸어가며, "아스팔트로 깨끗이 포장되어 있어 산책하기 좋겠네요!" 나는 "도심에 보이는 건 아파트, 빌딩 숲이지만, 이곳은 시골에 온듯 기분 좋은 마을로 웰빙 시대에 딱! 맞는 곳이죠."라고 거들었다.

그는 방이 넓어서 맘에 든다고 흡족해한다. "빨리, 여자부터 만나 같이 살아야겠어요." "결혼 아직 안 하셨어요?" 묻자 "결혼은 하고 싶은데 아직 인연을 못 만났어요. 외국인 여자를 데리고 와 살아야 할지." "사업을 오래 하다보니, 풍파 속에 놓여 있는 바다 같은 인생이었어요." 그럼 "방을 같이 쓸 수 있는 여자를 찾아봐 줄까요?" 그는 "친구처럼 편안한 여자면 좋을 것 같아요." 한다.

애물단지로 전락해 애를 태웠던 빌라가 드디어 제 짝을 만나 신방을 꾸미나보다. 십여 년 전 텃밭을 가꾸며, 여유로움이 함께 하는 아름다운 전원 속의 주택을 생각했다. 하지만 온갖 사연을 품고 지내오다 주위가 온통 공장들로 덮여갔다. 공장의 근로자 숙소가 부족하여 생각을 바꾸어 빌라를 건축하게 된 것이다.

처음으로 건물을 짓는 일에 도전장을 냈지만, '까막눈'의 대가는 혹독했다. 도급계약서를 쓰는 순간 갑(甲)과 을(乙)이 바뀌어 건설사가 주인 노릇을 한다. 공사 기간을 엿가락 늘이듯 하고, 공사 대금에 거품을 바른다. 건축하는 도중에 도면과 맞지 않아 내부 벽을 절거해야만 했다. 중단된 채 서있는 빌라를 바라볼 때면 가슴이 까맣게 타들어갔다. 노심초사 바라만 보던 중,

지원군 투자자를 만나 준공의 합격점을 받았다. 연꽃 빌라는 이제 진흙 속에서 역경을 이겨내고, 짝을 만나 원앙의 보금자리 '터'가 되었다.

중년의 남자는 임대 계약을 하고 나가면서 말한다. "이제 방은 있으니, 여자는 언제 소개해줄 거예요?"

8

서덜골 예쁜 땅 변화기

🌙 보통 사람들은 육안으로 볼 때 반듯하고 경치가 수려한 땅을 선호한다. 하지만 보물찾기 하듯 땅의 속성을 분석하고 개발하여야 예쁜 땅이 될 수 있다.

삼십여 년 전 아버지는 종로에 있는 은행에서 근무하셨다. 강원도 춘천으로 발령이 나면서 땅과의 인연이 시작되었다. 몇십 년 쌓인 정을 하루아침에 정리하시고는 초봄 춘천으로 미련 없이 낙향을 결정하셨다. 요즘으로 말하면 귀농 1세대이다. 돌이 지천으로 깔려있어 서덜골이라 부르기도 하고, 삼국시대 이전 맥국의 도읍지로 왕궁터가 있던 인근으로 '맥국터'라 부르는 곳이다.

나지막한 야산은 밤나무 숲으로 무리를 이루고 있었고, 옆으로는 계곡물이 흐르고 있었다. 이사한 집은 수수깡과 짚을 섞어 만든 흙집이었다. 부엌은 부뚜막이 있었고, 가마솥에 불을 지펴 밥을 해야 하는 상급 깡촌이었다. 아버지는 계곡물을 활용하여 연못을 만들고 물고기를 잡아다 넣었고, 수십 종의 조류를 키우며 오밀조밀한 삶을 한껏 구가하셨다. 사과, 대추, 살구나무와 각종 채소, 꽃나무를 심어 아버지의 꿈을 디자인하듯 새로운 기쁨과 즐거움에 빠져 사셨다.

연세가 칠십이 넘으시면서는 농장을 가꾸고 농사를 지으려니 힘에 부쳐 집터를 만들어 팔고 싶다는 열망을 넋두리처럼 말씀하셨다. 넓은 야산으로 할 수 있는 것은 버섯이나 산나물을 심거나, 기도원 내지는 절터나 야영장뿐이었다. 또한, 80년대 초에 산 땅이라 그때는 낮은 가격이어서 이대로 팔면 세금이 절반이었다. 시청이나 토목사무소를 찾아다니며 발품을 팔았다. 도로를 만들어 집을 짓는 방법을 알게 되었다. 현재 일부는 허가를 받아 집터로 다져 놓았다.

집터를 다지는 과정을 경험해보니, 중요하게 고심해야 할 것이 사람들이 드나들 수 있는 도로였다. 도로가 접해있지 않으면 내가 쉴 수 있는 보금자리를 지을 수가 없었다. 내 땅에 도로가 보기 좋게 붙어있어도 다른 사람의 땅일 경우에는 "도로 좀 같이 사용할 수 있게 해주세요." 사정해야 한다.

 하지만 친절한 땅 주인은 만나기 힘들다. 돌아오는 답은 "도로를 매입하든지, 사용료를 지불하세요."이다. 도로로 된 땅이 붙어있지 않으면, 드나들 수 있는 진, 출입로를 확보할 수 없으니 집을 짓기로 한 계획은 물거품이 될 수도 있다. '울며 겨자 먹기 식'으로 도로의 땅을 사든지 사용료를 지불해야 한다. 이런 실수를 범하지 않기 위해서는 땅을 사기 전에 집을 지을 수 있는지도 확인해보고, 현장도 자주 가 보면서 주변 환경까지 둘러봐야 한다. 선택에 따라 대(代)를 물리느냐! 아니면 무(無)에서 유(有)를 창조하듯 금싸라기 땅을 만드느냐가 결정된다.

 모든 사람은 이름표가 붙어있다. 토지에도 보전녹지, 생산녹지, 자연녹지, 보전관리, 생산관리, 계획관리, 농림, 자연환경보전지역의 투박스럽고 부르기도 어려운 이름을 가지고 있다. 이 중에 생산관리, 농림, 자연환경보전지역은 토종이라 개명하기가 거의 불가능하여 매력이 없는 땅이나. 땅 좀 안다는 사람은 기들떠보지도 않는다.

계획관리와 자연녹지는 어느 정도 인테리어로 발라놓으면 예쁘다고 서로 가져가겠다고 1순위로 도장을 찍는다. 보전관리도 어느 정도 리모델링하면 예쁜 축에 들어가겠지만. 전신을 고쳐야 하니 비용이 상상외로 많이 든다.

사람을 사귈 때도 상대를 알아야 좋은 사람을 만나듯, 땅도 잘 아는 자가 예쁜 땅을 만나지 않을까?

후기

용맹이,
사과나무 밑에 잠들다

구불구불한 〈서덜골 예쁜 땅 변화기〉를 겪으며 〈지면(地面)이 요동칠 때〉도 많았습니다. 그동안 〈법정의 웃음, 울음〉, 〈양심에 난 뿔〉, 〈네트워크 마케팅의 병폐〉, 〈모래성의 말로〉 같은 사회적 문제에 관심이 있었습니다. 사람들은 그런 제게 〈제발, 서줘!〉라고 말했습니다. 〈생사의 갈림길〉에 이르러서는 〈영업의 달인〉이라며 〈돈은 누구를 따를까?〉에 관해 묻기도 했습니다.

문학의 관점에서 보면 〈백치 아다다〉 같은 〈야생의 삶〉을 살아왔는지 모릅니다. 〈우여곡절 끝에 되찾은 땅덩이〉를 끌어안고, 한국산문 분당반에 찾아가니 〈언어의 색채〉가 달라지고 〈양파와 포대자루〉또는 〈양철과 유리〉만 봐도 글이 떠올랐습니다.

수필 등단작 〈술이 익어있는 목소리〉는 〈채찍보다 당근〉 같은 합평의 결과입니다. 〈청자 두 갑〉이라도 선물하고 싶네요. 마음 같아서는 〈위… 잉… 윙〉〈달빛 소나타〉 아래 〈무갑 산장 콘서트〉에서 문학회라도 열고 싶으나 〈너 지금 집으로 가는 길이 무섭지 않니?〉라는 소리에 〈작고, 좁은 공간〉에서 〈천의 얼굴 넌, 예술〉과 담소를 나눕니다.

작가가 되었으니 이제부터는 〈매미처럼〉〈1초의 여유〉을 가지고 〈만화카페, '꽃보다 남자'〉〈친구의 힐링주택〉에서 〈용맹이, 사과나무 밑에 잠들다〉 그리고 〈콘크리트 벽 속 사람들〉과 한께 〈어떤 용서〉와 〈죽음 이후〉에 대해서도 얘기해보려 합니다.

앞으로 독자들과 〈산본 전통시장에서…〉 또는 〈추억으로 채워진 미술관〉으로 〈정다웠던 외출〉도 가고 〈적과의 동침〉이 아닌 〈수호천사와 자매들〉과 〈거긴 내 자리예요〉라고 외치며 같이 살고 싶습니다. 우린 〈한 몸이었다〉 말할 수 있게요. 그런데 제가 너무 긴장했나봐요. 〈이모, 손이 떨려요!〉 괜찮아! 현선아, 이제 너의 성공시대 시작됐어! 〈전설의 고려방〉에 들려 〈피어오르는 말(馬) 사랑〉을 들으며 〈방, 다음엔 여자〉와 함께 기쁨에 노래를 불러보자!

(『오늘이 내 생의 마지막일지라도』 저자, 박재연)